KB063364

로크미디어가
유혹하는
재미있는 세상

ROK
MEDIA
로크미디어

천외천의 주인 35

2023년 5월 12일 초판 1쇄 인쇄
2023년 5월 17일 초판 1쇄 발행

지은이 한수오
발행인 강준규

기획 이기헌 왕소현 박경무 강민구 조익현
책임편집 오영란
마케팅지원 이원선

발행처 (주)로크미디어
출판등록 2003년 3월 24일
주소 서울시 마포구 마포대로 45 일진빌딩 6층
Tel (02)3273-5135 Fax (02)3273-5134
홈페이지 rokmedia.com E-mail rokmedia@empas.com

ⓒ 한수오, 2020

값 9,000원

ISBN 979-11-408-0722-2 (35권)
ISBN 979-11-354-8621-0 04810 (세트)

한수오 신무협 장편소설

35

천외천의 주인

| 대초원大草原 |

차례

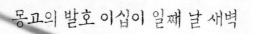

몽고의 발호 이십이 일째 날 새벽

거기장군 설인보가 이끄는 십오만의 황군은 몽고 지역의 남단으로 들어서 있었다.

북경 순천부의 서문 밖에 자리한 소오태산(小五台山)을 등지고 집결한 병력이 산서성의 북부를 가로질러서 섬서성으로 진입한 다음, 곧바로 장성을 넘은 결과였다.

설무백이 사사무를 통해서 황제의 부절을 받은 설인보가 황군을 이끌고 북진한다는 소식을 전해 들은 지 불과 닷새 만의 상황이었다.

그랬다.

몽고군의 본영이 자리한 호화호특을 노린 북진의 통로로 녕하의 북부를 이용한다는 사사무의 정보는 가짜였다.

사사무는 설인보 장군이 내부의 간세를 의식하고 적진을 교란하기 위해 흘린 가짜 정보를 입수했던 것이다.

그뿐이 아니었다,

불과 닷새 만에 십오만이나 되는 대군이 그 거리를 이동했다는 것도 말이 되지 않았다.

상식적으로 가당치 않은 일이었다.

사실 소오태산 등지에서 출발한 황군은 설인보 장군이 인솔하는 이백여 명의 소수 정예들에 불과했다.

이번 출정은 이미 보름 전에 전격적으로, 그것도 더 없이 은밀하게 시행된 작전이었고, 그에 따라 모든 병사들은 이미 섬서성의 북부 모처에 집결해 있었던 것이다.

그러나 실로 완벽한 기밀을 유지하면서 쥐도 새도 모르게 시행된 작전이 성공했음에도 불구하고 정작 그와 같은 계획을 세우고 실행한 당사자인 설인보는 긴장의 끈을 놓지 못하고 있었다.

애초의 작전대로 기만술이 통했는지 십오만에 달하는 대군이 아무런 장애물도 거치지 않고 무사하게 몽고의 지역으로 들어서긴 했으나, 진짜 싸움은 이제부터가 시작이었다.

무엇보다도 지금 그의 눈앞에 펼쳐진 드넓은 광야, 황무지와 다름없이 메마른 벌판은 그의 심정을 한층 더 무겁게 하고 있었다.

그럴 수밖에 없는 것이, 사람은 누구나 다 자신이 알지 못하는 것에 대한 두려움이 있는 법이다.

그런데 이렇게 거칠고 황량한 땅은 그들, 황군에게 전혀 익숙한 환경이 아니었다.

반면에 몽고군에게 있어 이 척박한 땅은 자신들이 나고 자란 앞마당과 다름없었다.

아니, 앞마당이었다.

다른 무엇보다도 그게 가장 문제였다.

이런 곳에서는 실로 병력들의 보급로를 지키는 것만으로도 상당한 출혈을 감수해야 하기 때문이다.

'승리는 당연하다! 부디 적은 피가 흐르기를 바랄 뿐이다!'

설인보는 전장에 나서면 늘 그렇듯 자신의 승리를 부정하지 않는 것으로 각오를 다졌다.

하지만 자신의 막사 밖으로 나와서 야영지를 둘러보는 그의 낯빛은 어쩔 수 없이 몸에 배인 근심과 걱정으로 어두웠다.

곁에서 수행하던 왕인이 그런 그의 무거운 마음을 아는지 모르는지 조심스럽게 물었다.

"뭐가 그리 걱정되시는 겁니까?"

"내가?"

"아닌가요?"

설인보는 잠시 뜸을 들이다가 가만히 고개를 끄덕이며 인정했다.

"맞아. 걱정이 되는군."

왕인이 거듭 물었다.

"그러니까 뭐가요?"

설인보는 곱지 않게 일그러진 눈가로 왕인을 쳐다보며 혀를 찼다.

"너는 이 땅을 보고도 모르겠냐? 당연히 먹을 거를 걱정하지, 다른 거 뭐를 걱정하겠냐?"

왕인이 계면쩍은 표정으로 뒷머리를 긁었다.

"아, 보급품이요."

"아, 보급품이요?"

설인보가 짐짓 도끼눈을 뜨고 왕인을 노려보았다.

"전장에서 굴러 본 지가 하도 오래돼서 이젠 감이 없지? 한 번 대차게 굴러 봐야 감이 다시 돌아오겠지?"

왕인이 바로 정색하고 부동자세를 취하며 대답했다.

"아닙니다! 시정하겠습니다!"

그때 그들의 곁으로 서너 명의 군관을 거느린 성장 차림의 장군 하나가 다가오며 말을 건넸다.

"둘이서만 무슨 재미있는 담소를 나누기에 분위기가 그리도 화기애애한 거야?"

표기장군 위광이었다.

"나도 좀 끼워 줘."

설인보는 슬쩍 쳐다보며 물었다.

"경계와 매복은 다 끝낸 거요?"

위광이 어깨를 으쓱했다.

"그야 물론 다 끝냈지."

"척후는요?"

"보냈지. 쓸 만한 놈들로만 골라서."

설인보는 잠시 뜸을 들이다가 불쑥 밑도 끝도 없이 물었다.

"정말 이런 거 안 불편하쇼?"

위광이 눈을 끔뻑였다.

"무슨 소리야?"

설인보는 손가락으로 자신의 얼굴을 가리켰다.

"얘 밑에서 있는 거 말이오. 이런 애가 상장군의 자리에 앉아 있으니, 선배도 한참 선배인 형님이 그런 자잘한 일까지 직접 나서서 해야 하는 거 아니겠소. 짜증 안 나시오?"

"난 또 무슨 말이라고……."

위광이 픽 실소하더니, 설인보처럼 손가락으로 자신의 얼굴을 가리키며 재우쳐 물었다.

"자네는 지금 이 얼굴이 싫거나 불편하거나 귀찮아하는 사람의 얼굴로 보이나?"

설인보가 머쓱하게 대꾸했다.

"그렇게는 안 보이는구려."

위광이 자신의 얼굴을 가리키던 손으로 주먹을 쥐어서 가슴을 두드렸다.

"그래, 나는 그런 사람이야. 적어도 내가 가지고 태어난 그릇은 아는 사람이지. 게다가 나는 그게 아니더라도 아우 자네와 함께하는 게 좋아. 서로의 관계가 위든 밑이든 전혀 상관없이 말이야. 왠지 아나?"

설인보는 어깨를 으쓱했다.

"왜죠?"

위광이 누런 이를 드러내고 웃으며 대답했다.

"마음이 편하거든. 내가 아우 자네를 정말 좋아해서 말이야."

설인보는 짐짓 턱을 당기며 이맛살을 찌푸리며 고개를 저었다.

"저는 그런 쪽의 취미가 없습니다만?"

위광이 잠시 무슨 말인가 하는 표정으로 바라보다가 이내 깨달은 듯 배를 움켜잡으며 박장대소했다.

"푸하하하……!"

웃다 못해 눈물까지 흘린 그가 이윽고 웃음을 그치며 말했다.

"그런 걱정은 말게. 나도 그런 취미는 없으니까. 나 여자 좋아하는 남자야. 아우 자네도 알다시피 너무 좋아해서 탈이지만 말이야."

설인보는 자못 게슴츠레하게 바꾼 눈빛으로 위광을 쳐다보며 질문 아닌 질문을 흘렸다.

"그거로군요, 날 좋아하는 이유가? 내가 그 사실을 형수님께 발설하지 않고 지켜 줘서."

위광이 사뭇 엄숙한 태도로 인정했다.

"물론 그것도 무시할 수 없지."

그러고는 보란 듯이 고개까지 숙이며 말을 덧붙였다.

"그러니까 앞으로도 잘 부탁하네, 아우."

설인보는 피식 웃으며 손을 내저었다.

"신소리는 그만두시고. 이제 그만 어서 용건이나 말해 봐요. 형님이 이 늦은 시간에 농담이나 하자고 저를 보러 오지는 않았을 거잖아요. 혹시 벌써 지방관들에게 연락이 온 겁니까?"

"하여간, 귀신이라니까."

위광이 감탄하다가 이내 갑자기 무색해진 표정을 지으며 물었다.

"근데, 그 얘기를 지금 여기서 해도 되는 건가?"

그의 시선이 왕인과 자신을 따라온 수하 군관들을 둘러보고 있었다.

그들을 의식하고 하는 말인 것이다.

설인보는 대수롭지 않게 대답했다.

"무슨 상관이겠소. 얘는 내가 믿는 애고, 쟤들은 형이 믿는 애들이잖소. 얘들도 믿지 못하면 우리는 이번 싸움에서 절대 이길 수 없을 겁니다."

"하긴……!"

위광이 멋쩍게 웃는 낯으로 바로 인정하며 재우쳐 말했다.

"아무튼, 자네의 예상이 맞네. 일전에 연락을 취한 지방관들에게서 전갈이 도착했네. 다들 승낙했고, 벌써 우리가 필요한 물자들을 챙겨서 보냈다고 하네."

설인보는 실로 기꺼워했다.

"다행이군요. 그들이 지원을 거부했다면 실로 어려운 싸움이 되었을 텐데 말입니다."

위광이 그런 그를 물끄러미 쳐다보다가 넌지시 말문을 열었다.

"아무려나, 이제야말이네만, 정말 이렇듯 그들에게까지 구걸을 해야만 하는 건가? 조금 빡빡하긴 하지만 물자가 부족한 건 아니지 않나?"

설인보는 단호하게 그렇다고 얘기했다.

"그간 시간이 날 때마다 적장 아르게이가 몽고를 통일할 때 사용하던 전략을 파헤쳐 봤지요. 그래서 얻은 결론입니다."

"……?"

위광이 고개를 갸웃하는 것으로 여전히 모르겠다는 반응을 보이며 다음 말을 재촉했다.

"얘기가 길어져도 되니 알기 쉽게 자세히 좀 말해 보게. 이번 싸움이 물자와의 싸움이라고 말하는 건 알겠는데, 도통 왜 그런지는 모르겠군그래."

설인보는 바로 세세한 설명을 추가했다.

"아르게이는 대외적으로 정면에서 마주치는 정공법을 주로 사용하는 맹장이라고 알려졌지만, 실상은 그렇지 않습니다. 그가 몽고 부족을 상대로 한 큰 싸움에서 승리할 때는 어김없이 습격대를 운영해서 배후부터 쳤죠. 그것도 상대 부족의 식량만을 노렸습니다. 씨 뿌린 논밭을 갈아엎고, 식량창고를 불태웠지요."

위광은 산전수전 다 겪은 역전의 맹장답게 싸움에 대한 얘기가 추가되자마자 바로 알아들었다.

"아직은 직접 중원을 노릴 역량이 안 되니, 중원에서 우리에게 보내지는 물자를 차단할 거라는 얘기로군."

"그렇습니다."

설인보는 바로 수긍하고 부연했다.

"형님도 아시겠지만, 작금의 황궁은 이런 큰 싸움을 시작할 자금과 물자가 부족합니다. 이런저런 경로를 통해서, 그리고 지방의 토호들을 닦달해서 적잖은 재원을 조달받긴 했지만, 아직도 여전히 부족하지요."

사실이었다.

황궁의 재원은 거의 바닥을 보일 정도로 고갈된 상태였다.

앞선 전대 황제와의 싸움으로 인해 축난 재원이 아직 복구되지 않은 것이다.

따라서 이번 원정 출정에서 사용되는 거의 대부분의 자금을 북경상련의 지원에 의존하고 있는데, 설인보는 획일화된 그것이 적잖게 위험하다고 보고 있었다.

"만에 하나 북경상련에서 전해지는 물자의 통로가 막히면 우리는 이 전쟁을 승리할 수 없게 됩니다. 막말로 싸워 보지도 못하고, 패할 수도 있습니다."

위광이 이제야 완전히 납득한 표정이 되어서 말을 받았다.

"그렇군. 그래서 아우 자네가 우리에게 오는 물자의 경로를 그리 다방면으로 펼쳐 놓은 것이로군그래."

설인보는 고개를 끄덕이며 한층 더 예리해진 눈빛으로 설명을 추가했다.

"이번 전쟁은 적의 도시나 마을을 공격해서 약탈을 해가며 진격하는 싸움이 아닙니다. 이것저것 다 거르고 직접 적의 본진으로 뛰어드는 싸움이지요. 이런 싸움에서 물자가 달리면 정말 끝장입니다. 군사들에게 허기진 배를 움켜쥐고 적의 본진을 공격하라는 건 너무 가혹하기에 앞서 전의를 잃게 만드는 패전의 길입니다."

위광이 심각해져서 말을 받았다.

"사실이 그렇다면 후방에서 우리에게 전해지는 물자를 차단하려는 놈들의 별동대가 벌써 나섰겠군그래. 모르긴 해도, 지금쯤이면 놈들도 우리의 진군을 알았을 테니까 말이야."

설인보는 새삼 고개를 끄덕이는 것으로 수긍하며 말했다.

"분하고 원통하지만, 우리는 저들의 기습을 알면서도 제대로 방비할 수 없습니다. 지역적으로 우리는 하나같이 낯선 상황인데 반해, 저들은 어디를 가도 자신들이 나고 자라서 훤히 아는 길이요, 장소일 테니까요. 그래서 다른 방법이 없었습니다."

이것이 바로 그가 지방관들을 독려해서 물자를 받아 낸 이유였다.

애초에 물자가 부족하다는 이유도 있었지만, 그에 앞서 전해지는 물자의 방향을 다변화해서 적의 이목을 흐리려는 계획인 것이다.

"우리에게 전해지는 물자 중에 한두 개의 경로만 제대로 지켜도 저들의 움직임이 크게 둔화되리라고 봅니다. 우리가 어느 경로에서 오는 물자를 지키는지 알 수 없는 이상, 어느 곳을 공격할지 못내 주저하게 될 테니까요."

"과연……!"

위광이 손뼉까지 치며 크게 감탄하는 참이었다.

그들이 우려하던 사태가 바로 시작되었다.

"후방에 적이 출몰했습니다, 장군님!"

물에 빠진 생쥐처럼 온몸이 땀으로 흠뻑 젖은 채로 달려온 설인보의 참장, 구복의 보고였다.

설인보는 적잖게 당황했다.

"설마……?"

설마가 아니었다.

구복이 바로 그의 우려가 사실임을 밝혔다.

"북경에서 오는 보급 물자를 노리는 것 같습니다!"

사실을 말하자면 몽고군이 보급 물자를 노린다는 구복의 보고는 지극히 개인적인 직감이었다.

후군의 지근거리를 수상쩍게 배회하는 유목민 하나를 잡아서 족친 결과, 적의 척후는 맞았으나 그자는 갖은 위협 속에서도 입을 봉하고 아무런 말도 하지 않았다.

구복은 그자를 사로잡은 위치가 보급로와 가깝다는 점을 인지하며 그자 앞에서 대놓고 수하들에게 적의 습격대가 보급로를 노린다는 단정을 해 버렸다.

절반의 확신을 가지고 그자를 떠본 것인데, 제대로 걸려들었다.

그자가 반응을 보였다.

입은 여전히 굳게 다물고 있었으나, 눈빛이 변했고, 보란 듯이 코웃음을 치는 것으로 구복을 비웃었다.

구복은 그것으로 확신했다.

오랜 시간 설인보의 곁을 지키며 야전에서 구른 그는 요지부동이던 그자가 굳이 그런 반응을 보일 리 없다는 것만으로 자신의 직감이 사실임을 인지할 수 있었던 것이다.

그리고 구복의 직감은 정확했다.

후군의 후방으로 오백여 리 떨어진 커부린이라는 구릉지대였다.

구복이 후군의 지위를 맡은 신임 좌군도독 곽양(郭淸)에게 보고한 다음, 즉시 수색조를 편성해서 적의 습격대를 찾으라는 명령을 내려놓고 중군에 거하는 전군 지휘관인 설인보에게 그와 같은 보고를 하는 그 시점에 몽고군의 습격대는 벌써 거기, 커부린의 구릉지대를 지나던 황군의 보급 물자를 노리고 있었다.

"컥!"

"으악!"

습격의 시작은 화살이었다.

어디선가 날아온 화살들이 선두의 병사들을 타격했고, 병사들은 속수무책으로 당해서 쓰러졌다.

"피해라! 엄폐하라! 허둥대지 말고 어서 우마차 뒤로 물러서!"

이번 물자 수송을 맡은 지휘관 금의위 소속의 무관인 천호 마전의(馬轉依)였다.

그는 비록 지금은 황궁을 지키는 대내무반의 일원이 되어 있지만, 일찍이 변방을 돌며 야전에 길들여진 장수인지라 냉정하게 상황을 판단하며 소리쳤다.

사방이 야트막한 구릉으로 겹겹이 둘러싸여 있는 지대라 즉각적인 대응이 불가능하다는 판단 아래 우선적으로 수하들의 안위부터 살피고, 또 요구하는 것이다.

적은 숨어 있고 그들은 훤히 들어나 있었다.

이런 지대에서 무분별한 움직임으로 선불리 대항하려 하다가는 오도 가도 못하고 화살 밥이 되어 전멸하기 십상이다.

과연 마전의의 판단은 옳았다.

그의 즉각적인 명령 덕분에 졸지에 쏟아진 화살 비 속에서 적잖은 수하들이 목숨을 지켰다.

그러나 그게 다였다.

적의 공격은 화살이 다가 아니었다.

화살은 시작에 불과했고, 이내 사방을 휘감은 구릉지대의 정상에서 기마대가 등장했다.

백여 기의 기마대가 언덕에서부터 노도처럼 밀려들고 있었다.

하나같이 흑의경장에 흑색 피풍의를 두르고, 검은 천으로 코를 포함한 하관을 가린 자들이었다.

얼굴조차 알아볼 수 없도록 두 눈만 빠끔히 내놓은 것은 어디를 가도 자신들의 정체를 감추며 이동하는 몽고군 기습대의 전형이긴 한데, 흑색 경장 가슴 부위에는 파란 색의 실로 사납게 울부짖는 늑대 한 마리를 수놓은 것이 시선을 끌었다.

푸른 늑대 푸른 이리 칭기즈 칸의 혈통임을 자랑하는 몽고 부족의 대칸 아르게이의 직속부대라는 상징인 것이다.

"빌어먹을……!"

마전의는 수하들의 안위를 살피다가 그것을 발견하고는 절로 욕설을 뱉어 냈다.

조급해졌다.

기실 무자비한 화살 세례로 적을 숨게 만든 다음에 이어지는 기마대의 공격은 전통적으로 몽고군이 즐겨 쓰는 전략이었다.

그도 이미 그것을 알고 있었기에 곧바로 대응하기 위해서 수하들을 살핀 것인데, 하필이면 아르게이의 직속인 정예들이라니!

그는 수하들을 살피고 자시하고 할 여유도 없이 곧바로 고래고래 소리를 질렀다.

"어서 서둘러 대오를 정비하고 나서라! 적은 고작 백여 기의 기마대가 전부다!"

말이야 고작 백여 기라고 하지만, 기실 그들에게는 적은 숫자가 아니었다.

그들, 수송대의 인원도 그와 두 명의 백호를 비롯해서 이백여 명의 병사가 다였는데, 적의 기습적인 화살 세례로 인해 이미 절반 이상이 쓰러진 상태였기 때문이다.

마전의는 악을 쓰면서도 그와 같은 상황을 빠르게 인지하며 직접 선두로 나섰다.

기습으로 많은 피해를 보긴 했으나, 그들보다는 적들이 더 조급할 터였다.

그리 멀지 않은 곳에 아군의 진영이 있는 것이다.

'적장을 잡아야 한다!'

마전의는 재빨리 전황을 살폈고, 이내 적장을 찾아냈다.

쇄도하는 기마대의 선두에 눈에 띄는 자가 하나 있었다.

기마대의 특성상, 그리고 그가 사전에 공부한 기마민족인 몽고족의 전통상 지휘자는 가장 앞에서 달린다는 것을 상기하며 살펴보니 과연 선봉으로 나선 자의 기도가 가장 범상치 않았던 것이다.

"놈!"

마전의는 즉시 신형을 날려서 선봉으로 나선 그자, 적의 수뇌를 노렸다.

지방관의 예하에서 야전으로 도는 신세였으나, 빼어난 실력을 인정받아서 중앙 군부로, 다시 대내무반의 꽃이라는 금의의 군관으로 선발된 인물답게 단숨에 대여섯 장을 날아서 기마대인 적의 선봉을 덮쳐 가는 그의 공격은 실로 빠르고 매서웠다.

그러나 아쉽게도 상대인 적의 수뇌는 그가 예상하는 것 이상의 실력을 갖춘 고수였다.

깡ㅡ!

거친 쇳소리와 함께 마전의가 순간적으로 덮치며 휘두른 칼 끝이 허무하게 하늘로 들렸다.

상대인 적의 수뇌가 기다렸다는 듯이 마주 휘두른 칼에 막혀서 속절없이 들려 버린 것이다.

그리고 더 없이 빠른 반격이 그 뒤를 따랐다.

"헉!"

마전의는 의지와 무관하게 들린 칼끝을 내리려고 사력을 다했으나, 적장의 대응이 그보다 더 빨랐다.

어느새 다시 뻗어진 적장의 칼이 그의 가슴을 찔러 들었다.

"크으……!"

마전의는 불에 달군 인두가 파고드는 것처럼 뜨거운 가슴의 통증에 절로 신음하면서도 본능적으로 물러났다.

조금이라도 머뭇거렸다가는 폐부가 여지없이 관통되어 죽을 것임을 직감했기 때문이다.

하지만 그래도 늦었다.

적장의 칼끝은 비록 그의 폐부를 관통하지는 못했으나, 여지없이 구멍을 내 버린 것 같았다.

전력을 다한 후퇴로 인해 바닥으로 나가떨어져서 구르다가 겨우 일어난 마전의는 절로 숨이 턱 막히는 고통으로 인해 그렇게 느꼈다.

그런 그를 향해 마상에서 날아오른 적장이 쇄도했다.

"다, 당장에……!"

마전의는 쇄도하는 적장과 무관하게 죽을 각오로 칼끝을 들며 사력을 다해서 외쳤다.

"우마차에 불을 질러라! 어서 당장!"

틀림없이 적의 본영을 향해서 진군하는 황군의 진영에 전달하라는 명령을 받은 물자들이었지만, 어쩔 수 없었다.

적에게 빼앗기느니 차라리 불태우는 것이 나았다.

방금 전의 격돌로 인해 그는 자신의 실력이 적장의 그것에 미치지 못한다는 것을 절감한 것이다.

수하들도 그의 결정에 수긍할 것이다.

다들 그렇게 교육받았으니까.

그런데 바로 나서는 사람이 보이지 않았다. 아니, 나설 수 있는 상황이 아니었다.

장내는 이미 아군과 적군의 기마대가 한 대 뒤엉켜서 아수라장으로 변해 있었다.

잠시라도 한눈을 팔면 그대로 목이 떨어져 나가는 상황인 것이다.

"젠장……!"

마전의는 절로 욕설을 뱉어 내며 이를 악물었다.

이제 남은 것은 그가 어떻게든 쇄도하는 적장의 일격을 막아 내고 손을 쓰는 수밖에 없었다.

실로 희박한 희망이었다.

그 바람에 피가 나도록 이를 악물며 결의를 불태우는 마전의의 눈빛은 의지와 무관하게 떠오른 절망감으로 어두워지고 있었다.

그때였다.

펑-!

느닷없이 터진 폭음과 함께 실로 그의 코앞으로까지 육박해 온 적장이 가랑잎처럼 날아가서 바닥에 나뒹굴었다.

반사적으로 혹은 본능처럼 벌떡 일어난 그는 이내 다시 새우처럼 허리를 접으며 피를 토했다.

그런 그의 상황에 놀란 듯 누군가 놀라서 소리치며 이쪽으로 날아왔다.

"카라친!"

때를 같이해서 누군가의 목소리가 들려왔다.

"카라친?"

저 높은 허공이었다.

이른 새벽의 짙은 암흑으로 가려진 밤하늘 아래 눈부신 은발을 휘날리며 두둥실 떠 있는 사내 하나가 스르르 지상으로 내려서고 있었다.

"서, 설 공자……?"

마전의는 너무 놀란 나머지 절로 말을 더듬었다.

깃털처럼 부드럽게 지상으로 내려앉은 은발의 사내, 바로 설무백은 어리둥절한 눈빛으로 마전의를 바라보았다.

"나를 아나?"

"아, 예, 전에 왕 형님에게, 그러니까 설 장군님을 모시는 왕인에게 들어서……! 아니, 그것보다 조심……!"

마전의는 바로 말을 하다가 말고 다급히 손을 뻗어 내서 설무백의 측면을 가리켰다.

앞서 나가떨어진 적장을 보고 놀라서 달려오던 자가 설무백을 노리고 있었던 것이다.

설무백은 신경 쓰지 않았다.

그가 신경 쓸 일이 아니었다.

쐐애액-!

한줄기 강렬한 파공음이 들리는 순간과 동시에 설무백을 노리던 적이 피를 뿌리며 나가떨어졌다.

바닥에 널브러진 그의 이마에는 도끼 한 자루가 깊숙이 박혀 있었고, 소리 없이 어느새 그 곁으로 내려선 공야무륵이 도끼를 뽑아내고 있었다.

그뿐이 아니었다.

수세에 몰려 있는 아군 사이로, 보다 정확히는 승기를 잡고 몰아붙이는 적들 사이로 붉은 광풍이 몰아치고 있었다.

그저 스치기만 해도 적들이 자지러지며 피를 토하고 나가떨어지는 죽음의 광풍이었다.

극성의 혈무사환공을 펼치는 혈뇌사야였다.

"......!"

마전의는 그저 놀라서 절로 벌어진 입을 다물지 못하고 서 있었다.

그런 그를 향해 설무백이 고개를 끄덕이며 말했다.

"아, 전에 왕 아재에게 술친구 하는 아우들이 몇 있다고 들었는데, 당신도 그중의 하나인 모양이군그래."

마전의는 고분고분 말 잘 듣는 학동처럼 고개를 끄덕이며 대답했다.

"예, 그렇습니다. 금의의 천호 마전의라고 합니다."

그는 그러다가 이내 어정쩡하게 서 있는 자신의 실태를 깨달은 듯 서둘러 공수하며 고개를 숙였다.

"마전의가 설 공자님을 뵙습니다!"

설무백은 그저 피식 웃는 것으로 답례를 대신하고는 이내

저 멀리 나가떨어졌다가 일어나서 자신을 노려보고 있는 적장에게 시선을 돌렸다.

"네가 카라친이라고?"

카라친은 사람의 이름이 아니었다.

몽고족의 언어로 풀이하면 '수호하는 사람'이라는 뜻으로, 바로 몽고족의 대칸인 아르게이의 친위대를 일컫는 말이었다.

적장이 피 묻은 입가를 소매로 쓱 문질러 닦으며 독살스럽게 설무백을 노려보았다.

"너는 누구냐?"

설무백은 한숨을 내쉬었다.

"나를 모르는 네가 한심한 건지, 그렇게나 유명무실한 내가 한심한 건지 모르겠다."

그는 이내 피식 웃으며 재우쳐 물었다.

"그보다 내가 몇 가지 묻고 싶은 게 있는데, 대답해 줄래?"

"흥!"

적장이 질문을 듣기도 전에 같잖다는 듯 코웃음을 쳤다.

설무백은 그에 아랑곳하지 않고 물었다.

"아르게이는 지금 어디에 있나?"

적장이 사납게 으르렁거렸다.

"너 같은 놈이 함부로 입에 담을 존함이 아니다!"

설무백은 알았다는 듯 어깨를 으쓱하고는 대답을 기다리지 않고 다음 질문을 던졌다.

"그럼 이건 대답해 줄래? 여기만 노린 건 아니지?"

통상적으로 출정한 군대를 지원하는 보급로는 둘이나 셋으로 나눈다.

적의 차단을 경계해서 그러는 것인데, 지금 그는 다른 쪽의 보급로도 의심하고 있는 것이다.

적장이 대답 대신 싸늘하게 코웃음을 쳤다.

"흥!"

설무백은 이번에도 그저 알았다는 듯 고개를 끄덕였다.

적장은 아무런 대답도 하지 않았으나, 질문을 듣는 순간에 미세하게 변화한 적장의 눈빛을 놓치지 않았던 것이다.

"알았다."

말과 동시에 뻗어진 그의 손에서 떠오른 백색의 섬광이 빨랫줄처럼 직선으로 뻗어 나가서 적장의 이마를 관통했다.

적장은 그저 놀라서 눈을 크게 뜨다가 비명조차 지르지 못한 채 그대로 피 화살을 뿌리며 뒤로 나자빠졌다.

생사를 확인할 필요도 없는 즉사였다.

설무백은 쳐다보지도 않고 돌아서서 마전의에게 시선을 주며 물었다.

"이곳 말고 다른 보급로는 어디예요?"

본디 전쟁이 발발해서 원정을 나가는 군대의 보급로는 통상적으로 두 곳이었다.

이는 황군의 전례가 굳어진 전략으로, 원정군의 지휘관과 경사에 남은 지원군의 수장이 논의를 통해서 결정하는 것인데, 각기 선호하는 혹은 나름의 이유를 들어서 선택하는 것이 보통이었다.

이번에도 그랬다.

다만 이번 지원군의 수장은 황제의 특명에 따라 군부의 장수가 아니라 동창의 수반인 제독동창 조위문이 맡았다는 것이 이전과 다를 뿐이었다.

그중 마전의의 일대가 나선 보급로가 바로 조위문의 선택이었고, 설인보가 선택한 보급로는 그로부터 동쪽으로 백여 리가량 떨어진 초원지대로, 왕인, 구복, 마등과 함께 설 씨 가문의 사대가신 중 하나인 황자포(黃态暴)의 이대가 책임지고 있었다.

조위문이 누구나 다 보급로로 예상이 가능한 직선주로를 피해 의도적으로 구릉지대로 이루어진 험로를 선택했다면, 설인보는 누구나 다 보급로로 예상 가능했기 때문에 오히려 안전할 수 있다는 의표를 찌르는 선택을 했던 것이다.

그런데 결과적으로 그들, 두 사람의 선택한 보급로는 그 어느 쪽도 안전하지 않았다.

약간의 간격은 있었지만, 마전의의 일대가 적의 기습대에 공격을 받는 시점에 황자포의 일대도 적의 기습대를 맞이했던 것이다.

다만 상황은 조금 달랐다.

이대의 수장인 황자포는 일대의 수장인 마전의에 비해서 월

등한 무공을 소유했기 때문이다.

"겁낼 것 없다! 엄폐는 해도 적의 기동을 놓치지 말고 예의 주시해라! 피하지 말고 마주해! 화살 몇 대 맞는다고 죽지 않는다!"

느닷없이 화살 비가 쏟아지는 상황이었다.

황자포는 추호도 망설이거나 머뭇거리지 않고 나서서 번개 같은 칼질로 화살 비를 걷어 내며 외치고 있었다.

강장 밑에 약졸 없다는 말이 있다.

하물며 평소 거칠고 강인한 통솔력으로 수하들을 압도하면서도 매사에 솔선수범하는 것으로 수하들을 선도하던 황자포의 불호령이었다.

졸지에 쏟아지는 화살 세례에 절로 몸이 움츠려들던 병사들은 너 나 할 것 없이 사기가 진작돼서 눈에 불을 켰다.

때마침 화살 비가 그치며 요란한 함성과 거친 말발굽 소리가 들려왔다.

두두두두-!

수풀이 우거진 좌측과 우측, 양방향이었다.

각기 오십에서 백여 기에 해당하는 적의 기대마가 모습을 드러내더니, 노도처럼 무섭게 쇄도해 들고 있었다.

황자포가 포효하듯 다시 고함을 내질렀다.

"뒤치기나 노리는 하바리 놈들이다! 조랑말 같은 몽고마가 아니면 제대로 말도 못 타는 놈들이니, 마상에서 끌어내려서 허리를 분질러 버려라!"

황자포의 말마따나 적의 기마대가 몽고마는 중원의 조랑말처럼 작고 아담했다.

하지만 조랑말처럼 작은 몽고마의 기동력은 가히 천하일품이었다.

말발굽 소리를 내며 모습을 드러냈다 싶은 순간이 얼마 지나기도 전에 벌써 그들의 면적으로 육박해 들어왔고, 이내 격전이 시작되었다.

"쳐라!"

"죽여라!"

"으아악!"

장내가 삽시간에 피와 살점이 난무하는 아수라장으로 변해 버렸다.

그 속의 일부가 되어서 적과 싸우던 황자포는 연거푸 적의 목을 베어 내면서도 냉정하게 전황을 살폈다.

다행인지 아니면 황자포가 내지른 고함의 영향인지는 몰라도, 적의 화살로 인한 아군의 피해는 그다지 심하지 않았다.

얼핏 봐도 대부분의 전력이 생존했고, 당한 병사들도 몸에 박힌 화살대만을 부러트린 상태로 싸움에 가담하고 있었다.

아무리 봐도 질 싸움이 아닌 것이다.

'적장의 목만 베면……!'

황자포는 최대한 흉포하게 칼을 휘두르며 적장을 찾았다.

그의 칼질에는 일정한 격식이 없었다.

말이고 사람이고 닥치는 눈에 보이는 대로 베어 넘겼다.

순식간에 십여 구의 말과 마상의 적이 두 번 다시 돌아오지 못할 길을 떠났다.

다시 그 길에 새로운 생명을 추가하려고 칼을 휘두르는 그의 귓전으로 예리한 바람소리가 쇄도했다.

황자포는 본능적으로 그것이 적의 반격임을 깨달으며 반사적으로 칼을 쳐들어서 막았다.

챙―!

거친 쇳소리가 터지며 불꽃이 튀었다.

그 뒤로 전해진 과중한 반탄력이 황자포를 거칠게 밀어서 물러나게 만들었다.

"놈!"

황자포는 물러나는 와중에 적을 확인하며 두 눈에 불을 켰다.

상대는 범종처럼 어깨가 넓은 당당한 체구과 하관을 가린 검은 천에서 드러난 눈빛이 칼처럼 예리하게 빛나는 사내였는데, 실로 무위가 예사롭지 않았다.

적장이거나 그에 준하는 수뇌일 거라는 생각이 그의 가슴이 불을 질렀다.

"네가 대장이냐?"

황자포가 비릿한 미소를 지으며 묻자, 칼을 마주친 적이 눈으로 웃으며 대답했다.

"카라친 하르호른이다!"

카르친은 몽고어로 '수호하는 자'라는 뜻이며, 하르호른은 '검은 자갈'이라는 의미였다.

그러나 황자포가 그 말을 알아듣고 이해할 수는 없었다.

"뭐라는 거야?"

말과 동시에 그의 칼이 휘둘러졌다.

기습이든 뭐든 격돌의 여파로 한 발 물러났다는 것에 대한 분노가 더해져서 두 배로 포악해진 칼질이었다.

푸른 번개처럼 차갑고 신랄한 도기가 수평으로 흐르며 적의 가슴을 휩쓸어 갔다.

무언가 한마디 더 하려던 적이 의외로 막강한 그 기세에 놀란 듯 다급히 물러나며 칼을 쳐들어서 막았다.

"막는다고 막아지는 게……!"

'아니다'라는 황자포의 말이 쏙 들어가 버렸다.

챙-!

거친 금속성이 터지며 불똥이 튀었다.

물러나며 쳐든 적의 칼에 그의 공격이 막힌 것이다.

"이런 염병……!"

황자포는 칼의 손잡이까지 전해진 격돌의 충격에 손바닥이 쩌릿하게 마비되는 것을 느끼며 절로 욕설을 뱉어 냈다.

자신과 달리 아무렇지도 않게 버티는 상대의 모습을 보고 놀라거나 소침해지는 대신 분노가 더해지는 거였다.

"어디 한번 너 죽고 나 죽어 보자!"

황자포는 적이 자신보다 강하다는 사실에 특유의 호전성을 드러내며 칼을 잡고 있던 손에 침을 뱉으며 소매를 걷어붙이고 나섰다.

적이 그런 그를 보며 다시금 눈으로 웃었다.

비웃음이었다.

그때였다.

어디선가 날아온 한줄기 섬광이 눈으로 비웃고 있는 적의 목을 스치고 지나갔다.

"……?"

황자포가 제대로 된 사태를 파악하지 못해서 어리둥절해하는 그 순간, 적이 거짓말처럼 눈이 커지며 그대로 굳어졌다.

적의 목에 붉은 선이 스며나며 짙어졌다.

그리고 이내 벌어져서 피 화살을 뿌리며 머리를 뒤로 넘겨버렸다.

목이 너무나도 빠르고 섬세하게 베어져서 뒤늦게 머리가 떨어진 것이다.

"감히 누가……?"

누군지는 모르지만 분명 누군가의 칼질이었다.

황자포는 소름끼치도록 빠르고 예리한 그 칼질 앞에서 놀라기보다는 분통을 터트렸다.

이기고 지는 승패를 떠나서 누군가 자신의 적을 가로챘다는 사실에 분노한 것이다.

그러나 그의 분노는 떠올 때보다도 더 빠르게 사그라졌다.

머리를 떨어져서 쓰러진 적의 뒤쪽에 낯익은 얼굴이 나타났기 때문이다.

눈부신 은발을 휘날리는 설무백이었다.

"고, 공자님!"

황자포는 바로 알아보며 눈을 꿈뻑였다.

설무백은 그런 그를 향해 짐짓 이맛살을 찌푸리며 쓰게 입맛을 다셨다.

"뭐야? 황 아재가 여기 담당이었어?"

"아, 뭐, 그게, 그렇긴 한데…… 그보다 공자님이 어떻게 여길 다 오신 겁니까?"

설무백은 답변 대신 툴툴 거렸다.

"괜히 왔네. 미리 알았으면 안 와도 됐을 것을……."

그냥 하는 말이 아니라, 실로 황자포의 실력을 인정해서 하는 말이었다.

그가 아는 황자포는 투박한 성정의 무장이지만, 강인한 무인이었다. 무엇보다도 성격이 강했다.

황자포가 그 자신보다 강한 상대를 기어코 이겨 내는 모습을 그는 일찍이 수도 없이 봐왔던 것이다.

"무슨 그런 섭섭한 말씀을……."

황자포가 사람이 달라진 것처럼 환한 미소를 지으며 넉살을 부렸다.

"저놈 저거 제법 강했다고요. 공자님이 나서지 않았다면 최소한 저도 팔이나 다리 하나는 내줘야, 아니, 어쩌면 둘 다 내주었어야 겨우 이겼을 겁니다. 제가 팔 병신에 다리병신이 되면 좋겠습니까? 제가 무저갱 시절부터 공자님 뒤치다꺼리를 얼마나 많이 해 주었는데, 그런 섭섭한 말씀을……!"

천연덕스럽게 울상을 지으며 대답하던 그는 문득 말을 끊으며 다급하게 손짓했다.

"저, 저놈들 저거……!"

아무래도 황자포가 상대하던 자가 적의 습격대의 대장이 맞는 것 같았다.

그가 죽기 무섭게 싸우고 있던 적의 습격대가 다급히 도주하기 시작한 것이다.

"그냥 둬."

설무백은 곧바로 팔을 걷어붙이고 나서는 황자포를 말렸다. 황자포가 어리둥절해했다.

"죽고 다친 애들을 위해서라도 저놈들을 그냥 살려서 보내는 건……?"

"살려 보내는 거 아냐. 조금 늦게 죽이는 거지."

"예?"

"임무를 다하면 죽일 거야. 우리를 본거지로 안내하는 임무. 아무리 습격대라고 하지만 분명 어딘가에 따로 본진이 있을 테니까."

"아……!"

황자포가 바로 이해하며 감탄했다.

"역시 공자님이네요. 예나 지금이나 여전히 예리하고 독하셔. 왜 전에 무저갱에서 광풍대를 통솔하실 때도 그러셨잖아요. 일부러 잡은 첩자를 놓아주고 본진을 찾아내서 박살 내셨죠. ㅎㅎㅎ……!"

설무백은 본의 아니게 꺼내진 과거사에 머쓱해하다가 이내 안색을 바꾸며 말했다.

"아무려나, 어서 다친 애들 잘 추스르고, 하던 임무마저 끝내. 그리고 나는 못 본 거다? 여기는 황 아재가 혼자서 처리한 거야. 알았지?"

"아니, 그게 무슨……?"

황자포가 어리둥절하다 못해 당황해서 묻는 참인데, 설무백은 거듭 당부하며 지체 없이 훌쩍 신형을 날려서 자리를 떠났다.

"약속했다!"

황자포는 졸지에 한 방 맞은 표정으로 잠시 그대로 서 있었다.

그러다가 깨달았다.

새벽이 깨어나고 아침이 밝아서 훤해지기 시작한 저편 초원에서 한 기마대가 달려오고 있었다.

몽고마가 아니라 중원의 말이었고, 이내 확인한 선두의 마상에 앉아 있는 사람은 왕인과 구복이었다.

이제 보니 설무백은 진즉에 저들이 오는 기척을 간파하고는 서둘러 자리를 떠났던 것이다.

"결국 장군님에게 비밀이라는 소리셨군."

황자포가 이제야 납득하며 고개를 끄덕이는 사이에, 빠르게 다가온 왕인과 구복이 장내를 둘러보더니 무색한 표정으로 말했다.

"뭐야? 벌써 혼자서 다 정리했네?"

황자포는 보란 듯이 으스댔다.

"대체 내가 누구라고 생각하는 거냐? 나 황자포다, 황자포! 뒤나 노리는 이깟 하바리 놈들에게 내가 당할 것 같아?"

왕인과 구복이 시선을 교환하며 묘하다는 듯이 말했다.

"얘도 마전의와 같은 소리를 하네?"

"그러게?"

왕인과 구복이 아무래도 미심쩍다는 눈초리로 황자포를 위아래로 훑어보며 물었다.

"너희들 짰나?"

"짰지? 그지?"

황자포는 투박한 사람답게 거짓말에 능숙하지 않았다.

다만 그 자신도 그걸 익히 잘 알고 있기에 서둘러 그들의 시선을 외면하며 돌아섰다.

"뭔 소리야? 괜한 헛소리 말고 어서 다친 애들이나 도와줘라. 빨리 정리하고 보급품 가져가야지."

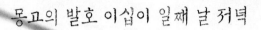

몽고의 발호 이십이 일째 날 저녁

황자포는 우격다짐과 같은 외면으로 왕인과 구복의 의혹을
무시해 버리고 그냥 넘어갔으나, 내심 설인보가 걱정이었다.

설인보는 매사에 우야무야 대충 넘어가는 사람이 아님을 그
는 익히 잘 알고 있는 것이다.

그런데 실로 의외의 상황이 벌어졌다.

황자포가 전군에 필요한 물자를 관리하는 후군 진영에 가져
온 보급품을 넘기고 중군으로 넘어가 설무백의 존재를 배제한
사태를 보고했을 때, 설인보는 아무런 의혹을 드러내지 않았다.

"알았다. 수고했다."

"예?"

황자포는 그야말로 자신도 모르게 맥이 풀려 버렸다.

극도로 조마조마한 마음을 억누르며 보고하고 나서 이제 곧 돌아올 반문을 기다리느라 잔뜩 긴장하고 있다가 느닷없이 그냥 수긍하고 넘어가는 설인보의 대답을 듣자 절로 그렇게 되었다.

"왜 그래?"

설인보가 미간을 찌푸리며 묻고 있었다.

황자포는 당황했다.

"아니, 그게 아니라⋯⋯!"

"그게 아니긴 뭐가 그게 아냐?"

설인보가 눈총을 주며 한마디 했다.

"보급품을 가져오는 도중에 느닷없는 적의 습격을 받았으나, 별로 대수로울 것이 없는 놈들이라 쉽게 처리했다. 이게 다라며? 그거 말고 뭐가 더 있는 거야?"

황자포는 정신이 번쩍 들어서 부동자세를 취하며 대답했다.

"아닙니다! 그게 답니다!"

"사람 참 싱겁기는⋯⋯."

설인보가 가벼운 웃음으로 넘기고는 손을 내저었다.

"알았으니, 그만 나가 봐. 다음 일정 맞추려면 서둘러야 하잖아."

"옙! 알겠습니다! 그럼 저는 이만⋯⋯!"

황자포는 서둘러 인사하고 밖으로 나섰다.

그야말로 이게 웬 떡이냐 하는 표정을 애써 억누르느라 고생이 막심했지만, 발걸음은 더 없이 가벼워진 그였다.

설인보는 그런 황자포를 대수롭지 않게 외면하며 탁자의 서책 하나를 맞은편에 앉은 위광에게 건넸다.

조금 전 황자포가 건넨 보급 물자의 종류와 수량이었다.

"한번 확인해 보세요."

위광이 그가 건넨 서책을 받아서 옆으로 내려놓았다.

"내가 봐서 뭘 아나. 자네가 봤으면 됐지. 그리고 동창 애들이 알아서 잘 보냈겠지. 걔들도 일단 한번 삐딱해지면 물불 안 가리는 자네 성질을 잘 아니까."

웃는 낯으로 말을 끝맺은 그는 이내 슬쩍 측면에 시립해 있는 왕인과 구복을 일별하며 말문을 돌렸다.

"그보다, 쟤들이 무언가 할 말이 있는 것 같은데 그래?"

황자포는 후다닥 서둘러 나갔으나, 정작 황자포를 데려온 왕인과 구복은 나가지 않고 어정쩡하게 서 있었다.

설무백이 고개를 돌려서 그들을 바라보며 물었다.

"뭐야?"

"예, 그게……!"

구복이 기다렸다는 듯 말문을 열다가 이내 닫았다.

왕인이 그의 옆구리를 찌르며 말을 가로챘다.

"아닙니다. 그저 장군님이 너무 무리하는 것이 아닌가 해서요. 지난밤도 한 숨도 못 주무시고 꼬박 지새웠잖습니까."

"별로 중요한 거 아니잖아."

설인보가 잘라 물었다.

"쓸데없는 걱정 말고 어서 나가서 애들이나 잘 단속해. 미리 경고해 두는데, 야간 행군 중에 졸다가 샛길로 빠지는 놈이 하나라도 나오면 너희들이 죽는 거다?"

"예, 알겠습니다!"

왕인이 바로 대답하고는 못내 머뭇거리는 구복의 소매를 잡아당기며 밖으로 나갔다.

설인보는 그런 왕인의 행동을 본 듯 못 본 듯 무시하며 탁자에 놓인 다른 서책들을 훑어보기 시작했다.

위광이 잠시 물끄러미 그 모습을 바라보고 있다가 불쑥 물었다.

"자네답지 않게 왜 그래?"

설인보가 서책을 훑어보느라 시선도 주지 않은 채 대답했다.

"뭐가요?"

위광이 말했다.

"이상하잖아. 마전의와 황자포가 말하는 상황이 토시 몇 개 틀린 것 빼고는 다 같은 거 말이야."

설인보는 그저 침묵했다.

서책을 살펴보느라 여념이 없는 것처럼 보이는 모습이었다.

위광은 설인보가 쳐다보지도 않음에도 불구하고 슬쩍 딴청을 부리며 다시 말했다.

"구복이 하려던 말도 아마 그거일 거야. 녀석은 뭔가 아는 거지. 그런데 나도 그게 뭔지 알 것 같단 말이지."

설인보가 그제야 훑어보던 서책을 내려놓으며 위광에게 시선을 던졌다.

"그게 뭔데요?"

위광이 그의 시선을 마주하며 조금 당황스럽다는 듯이 눈을 끔뻑였다.

"정말 몰라서 그러는 거야?"

설인보가 잠시 말없이 그의 시선을 마주하다가 이내 길게 한숨을 내쉬며 대답했다.

"아니요. 너무나도 알겠어서 이러는 겁니다."

위광이 씩, 하고 웃었다.

"역시 그렇지?"

설인보가 장탄식했다.

"나서지 말라고 해서 나서지 않을 녀석이면 몰라도, 그런 녀석이 아니거든요. 그냥 모르는 척 하는 게 상책입니다. 그러면 적어도 제 앞에 나타나서 속 시끄럽게 하지는 않을 테니까요."

사실은 설인보도 이번 일에 설무백의 개입이 있었다는 사실을 이미 눈치채고 있었던 것이다.

위광이 이제야 알겠다는 듯 고개를 끄덕이며 수긍했다.

"자네가 그렇게 해야 속이 편하다면야 뭐 어쩔 수 없지."

그는 웃는 낯으로 돌아가서 다시 말했다.

"하지만 나는 부럽기만 하구먼. 정말 잘난 아들이 아닌가 말이야. 사실을 말하지만 나는……."

무언가 말을 덧붙이려던 그는 이내 말꼬리를 늘이며 어색한 표정으로 고개를 저었다.

"아닐세. 아무튼, 부럽다는 얘기야."

설인보가 미소를 보이며 말을 받았다.

"압니다. 걱정하시는 거."

위광이 시치미를 뗐다.

"내가 뭘?"

"폐하를 의심하고 계시잖습니까."

"……!"

설인보의 한마디에 바로 뻘쭘해진 위광이 아무런 대꾸도 하지 못한 채 턱을 주억거렸다.

설인보가 가만히 웃는 낯으로 고개를 저으며 다시 말했다.

"하지만 그렇게 생각하지 마십시오. 그렇게까지 저열한 어른은 아니라고 생각합니다."

위광이 그의 말을 듣고 나서야 안색을 굳히며 말문을 열었다.

"나도 그렇게는 생각하고 있네. 하지만 상황이 너무나도 딱 맞아떨어지는 것이 걱정인 게야. 후방의 임무를 동창에게 일임한 것도, 이번 출정의 핵심이자, 주력이 우리가 아니라 그들인 것도 나는 실로 께름칙하네."

설인보가 고개를 저었다.

"그렇게 생각하지 마십시오, 형님."

"아니, 그렇지가 않아."

위광이 깊은 한숨을 내쉬며 걱정을 더했다.

"내 눈에는 더 이상 자네가 세울 공을 인정하지 않겠다는 것으로 보이네. 아니, 막말로 말해서 자네가 더 이상의 공을 세우는 것이 싫다는 거야."

"형님!"

"아니, 그냥 듣게나. 작금의 상황에서 자네가 조금이라도 실수를 한다면 바로 팽(烹)일세. 정권을 잡은 역대 제왕들은 늘 그랬어. 논공행상(論功行賞)에서 가장 높은 공을 세운 공신을 잔인하게 내쳤지. 그런 토사구팽(兎死狗烹)이야말로 다른 공신들에게 극한의 공포를 심어 줌으로써 최대한의 충성심을 뽑아내는 쥐약이라고 생각했던 게야."

주절주절 속내를 드러낸 위광은 재우쳐 물었다.

설인보에게 묻는 것이 아니라 자문이었다.

"폐하는 다를까? 나는 아니라고 생각하네. 그분의 몸에도 모두가 보는 앞에서 수백의 공신을 내친 태조의 피가 흐르고 있지 않나."

설인보가 어두운 낯빛으로 절레절레 고개를 젓고 있는 위광을 향해서 미소를 지은 채로 이맛살을 찌푸렸다.

"그래서 그동안 그렇게 제 주변에서 맴돌았던 겁니까? 적의 아니라 아군의 칼날이 날아올까 봐 걱정돼서요?"

위광이 부정하지 않고 쩝쩝 입맛을 다셨다.

"뭐, 아니라고는 말 못하겠네."

설인보가 보란 듯이 밝은 미소를 지어 보이며 말했다.

"지금부터라도 그런 걱정 마세요. 제가 장담합니다. 고작 그 정도의 그릇을 가진 인물이었다면 애초에 제가 모시지 않았습니다."

위광이 이제야말로 진심 어린 미소를 내비치며 고개를 끄덕였다.

"그래, 그러지. 하지만 내가 믿는 것은 아우, 자네일세. 그것만큼은 알고 있게나."

설인보는 그저 멋쩍은 미소로 받아넘기고는 이내 신중하게 안색을 굳히며 목소를 낮추었다.

"그보다. 노파심에 거듭 다시 말씀드리지만, 이번 출정이 진군만으로 끝난다는 사실은 오직 형님과 저만 알고 있어야 하는 겁니다! 그 어떤 사람이 알아도 절대 안 되는 거 잘 아시죠?"

위광이 새삼 쩝쩝거리며 입맛을 다시고는 대답했다.

"환관의 손에서 끝나는 싸움이라니, 어째 썩 내키지는 않지만, 아니, 정말 기분 나쁘지만, 다른 도리가 없지. 그게 아우 자네가 승낙한 폐하의 뜻이라 하니, 싫어도 지켜 줘야지."

그렇다.

지금 그들, 두 사람이 말하는 것이 세간에 적의 본거지를 친다고 알려진 이번 출정에 담긴 내막이었다.

설인보가 이끄는 황군은 그저 적의 표적으로 족했다.

진짜는 그들이 적의 본진을 향해 진군하는 사이에 극비리에 이동해서 기습적으로 적의 본거지를 공격할 제독동창 이하 동창의 번역들과 금의위의 정예들, 이른바 오만의 창위(廠衛)들인 것이다.

설인보는 새삼 깊은 미소를 지으며 공수했다.

"감사합니다, 형님."

"새삼스럽게 감사는 무슨……."

위광은 못내 어색해진 표정으로 손을 내저으며 자리를 털고 일어났다.

"아무려나, 명심하고 잊지 않을 테니, 자네는 그만 눈이나 붙이게. 새벽까지는 아직 두 시진가량 남았으니, 그 시간이라도 좀 자 둬. 그러다가 자네가 쓰러지면 작전이고 뭐고 다 도로 아미타불 되는 거니까."

설인보가 마지못한 표정으로 계면쩍게 웃으며 수중의 서책을 덮으며 대답했다.

"알겠습니다. 그리하지요."

위광은 그제야 만족한 기색으로 웃으며 설인보의 막사를 빠져나와서 십여 장가량 떨어져 있는 자신의 막사로 돌아갔다.

이미 이동 준비를 끝낸 터라 텅 비어져 있는 그의 막사에는 한 사람이 기다리고 있었다.

흑의경장 차림의 사내였다.

구석의 의자에 앉아 있다가 벌떡 일어나서 위광을 맞이하는 그 사내는 바로 귀매 사사무였다.

"늦으셨네요. 말씀은 잘해 주셨습니까?"

위광이 멋쩍게 웃으며 손을 내저었다.

"아니, 그냥 말하지 않았나. 아무래도 말하지 않는 게 좋을 같아서 말일세."

"하면……?"

사사무가 난감한 표정을 짓자, 위광이 다시 말했다.

"그냥 지키게나. 아우 눈에 안 띄게 지킬 실력은 되잖아. 안 그래?"

사사무가 조심스럽게 확인했다.

"그래도 되겠습니까?"

위광이 잠시 물끄러미 사사무를 바라보며 뜸을 들이다가 불쑥 입을 열어서 다른 말을 했다.

"내가 처음부터 못내 궁금했던 건데 말이야. 대체 설 아우를 경호하러 왔으면서 왜 내게 먼저 찾아와서 허락을 구한 건가? 단지 설 아우가 빡빡하게 나올 것 같아서 내게 도움을 청하는 것으로 보기에는 좀 어딘가 이상하잖아."

사사무가 추호도 망설임 없이 대답했다.

"주군의 뜻이었습니다."

"그러니까, 그 아이가 왜 그렇게 하라고 시켰냐고?"

"위 장군님께서도 주군과 같은 생각으로 설 장군님의 경호를 생각하실 거라 하셨습니다. 그러니 위 장군님께 아무런 말도 없이 주군께서 나서서 손을 쓰면 자칫 위 장군님을 무시하는 것으로 비춰질 수도 있다고 걱정하셨습니다."

위광은 기꺼운 표정으로 중얼거렸다.

"역시 부렴군."

"예?"

사사무가 의아해하자, 위광이 손을 내저었다.

"아니, 그냥 혼잣말일세."

그리고 그는 다시 힘주어 말했다.

"알았으니, 그냥 그렇게 하게. 조금 전에 설 아우와 이런저런 얘기를 나눠 본 결과, 그냥 알리지 않는 게 낫겠다는 생각이 드네. 물론 그로 인해 무슨 문제가 생기면 전적으로 내가 책임지겠네."

사사무가 그제야 수긍하며 공수했다.

"알겠습니다. 그리하겠습니다. 그리고 기꺼이 도와주셔서 감사합니다."

총사령관인 설인보의 명령에 따라 황군의 진영이 야간 행군을 준비하는 그 시점, 설무백은 몽고군의 습격이 이루어졌던 지역과 대각을 이루는 백여 리 지점에 있었다.

작은 구릉과 황무지를 낀 초원이 함께 공존하는 지역인데, 사람들의 주거지가 있었다.

겉으로 봐서는 양을 치는 유목민들이 십여 개의 파오를 짓고 생활하는 지역이었다.

그러나 멀리서 그곳을 바라보는 설무백의 눈빛은 더 없이 차갑게 가라앉아 있었다.

도주한 습격대의 상당수가 그들, 유목민들의 파오로 숨어들어갔기 때문이다.

"이거 어디서 많이 보던 광경이네?"

설무백의 곁으로 나선 혈뇌사야와 공야무륵이 어리둥절한 표정으로 고개를 갸웃거렸다.

설무백은 뒤늦게 그들의 반응을 보며 멋쩍은 미소를 지었다.

"아, 여긴 아는 사람이 없나?"

혈뇌사야가 물었다.

"공자님이 몽고 부족의 생활을 경험한 적도 있었습니까?"

"아, 알겠네요."

공야무륵이 이내 설무백의 심중을 읽은 듯 말을 가로챘다.

"전에 풍사에게 들었습니다. 무저갱 시절에 광풍대와 함께 주군의 아버님을 노리는 자들을 소탕하셨다고요. 그때의 상황을 말하는 거죠?"

설무백은 고개를 끄덕이는 것으로 인정하며 말했다.

"응. 그때 본 그들과 유사해. 이거 아무래도 나 혼자 간단하게 해결할 수 있는 문제가 아니겠는 걸?"

공야무륵이 의아해하며 물었다.

"무슨 다른 문제라도……?"

설무백은 십수 개의 파오 사이를 분주하게 오가는 유목민들을 주시한 채로 대답했다.

"저건 놈들의 본거지가 아니야. 그냥 일종의 초소처럼 운영되는 전진기지와 같은 곳이지. 습격대가 주둔하기도 하고, 오다가다 들러서 보충도 하는 그런 장소 말이야. 그때 놈들도 그랬어. 여기저기에 이런 식의 소규모 기지를 운영해서 습격대의 활동을 지원했지."

공야무륵이 이해했다.

"이런 식의 소규모 기지가 사방에 깔려 있을 거라는 뜻이군요."

설무백은 쓰게 입맛을 다시며 수긍했다.

"그렇지. 그것들을 다 찾아내서 소탕하려면 시간깨나 걸릴 거야. 진짜 속에 가짜들이 틀어박혀 있어서 함부로 마구 손을 쓸 수도 없고 말이야. 그때도 놈들을 색출해 내는 데 정말 한참이 걸렸지."

"그럼 이놈들 이거 한두 해 준비한 게 아니라는 소리네요?"

"준비한 게 아니야."

혈뇌사야가 이제야 자신이 아는 말이 나왔다는 듯 그들의 대화에 끼어들며 설명했다.

"쟤들은 원래 그래. 평시에는 다들 유목민이지만 전시에는 다들 전사가 되는 애들이야. 그게 바로 중원의 한족이 그 오랜 세월이 지나도록 이 땅을 통일하지 못한 이유지."

설무백은 단호하게 말했다.

"아무튼, 전쟁에 나서지 않은 사람들까지 다 적으로 간주하고 죽일 수는 없어요. 가족이니까, 같은 민족이니까 싫어도 어쩔 수 없이 돕는 사람들도 있을 테고, 강요는 고사하고 위협에 못 이겨서 돕는 사람도 없지 않을 테니까요."

혈뇌사야가 난감하다는 표정으로 말을 받았다.

"그렇다고 그런 사람들을 일일이 다 구분해서 솎아 내기란 불가능합니다. 전쟁입니다. 모질고 박하지 않으면 전쟁에서 승리할 수 없습니다."

"그래도 노력은 해 봐야지요."

설무백은 어깨를 으쓱하며 말을 덧붙였다.

"안 되면 말고지만, 그래도 그게 사람의 도리잖아요."

혈뇌사야가 그 마음도 이해한다는 듯 고개를 끄덕이며 물었다.

"그래서 어쩌실 생각이십니까? 공자님의 생각대로 저들을 소탕하려면 정말 오랜 시간이 걸릴 겁니다. 아니, 어쩌면 제대로 소탕할 수 있을지조차 장담할 수 없습니다."

"애초에 소탕은 불가능하죠. 여기는 저들이 사는 땅이니까."

설무백은 대수롭지 않게 대꾸하며 부연했다.

"그리고 소통할 필요까지도 없어요. 황군이 이동하는 경로를 따라서 그 주변만 청소해 주면 됩니다."

혈뇌사야가 어쩔 수 없다는 표정으로 웃으며 두 팔을 걷어붙였다.

"당분간 바빠지겠군요."

설무백은 싱긋 웃으며 그를 말렸다.

"혈노가 바쁠 일은 없어요. 물론 저도 그럴 필요 없고요."

"예?"

"해 본 애들에게 시켜야죠. 고기도 먹어 본 놈이 많이 먹고, 돈도 써 본 놈이 잘 쓴다고 하잖아요."

설무백은 어리둥절해하는 혈뇌사야를 외면하며 말했다.

"흑영, 지금 당장 풍사에게 연락을 취해서 그 옛날 모습 그대로 광풍대를 이끌고 여기로 오라고 해. 할 일이 생겼다고. 최대한 빨리."

"옙!"

암중의 흑영이 즉시 대답하며 떠났다.

공야무륵이 적잖게 당황스러운 기색을 드러내며 말했다.

"지금의 광풍대는 풍잔의 핵심입니다. 그들이 빠지면 중원으로 들어서는 마교총단을 막기 힘들어질 수 있습니다."

당연한 걱정이었다.

작금의 풍잔은 중원으로 입성하려는 마교총단의 입구를 틀어막고 있는 형국이었다.

설무백이 그동안 가능하면 풍잔의 인원을 밖으로 빼지 않고, 필요한 만큼의 소수 인원만을 동원했던 이유가 거기에 있었다.

그러니 설무백이 갑자기 풍잔의 핵심이라 할 수 있는 광풍대를 호출하자 공야무륵이 놀랄 수밖에 없는 것이다.

그러나 설무백은 대수롭지 않게 대꾸했다.

"괜찮아. 마침 방비라는 측면에서는 광풍대보다 더 뛰어난 친구들을 풍잔으로 보냈거든."

놀라고 있던 공야무륵이 바보처럼 두 눈을 끔뻑였다.

"누구를 말씀하시는 건지……?"

"검산의 친구들."

설무백은 웃는 낯으로 잘라 말했다.

"다른 건 몰라도 방비하는 것은 그들이 광풍대보다 나을 거야. 광풍대가 공격만 하고 지낸 세월보다 그들이 방비만 하고 지낸 세월이 더 기니까 믿어도 될 거야."

공야무륵이 이제야 알겠다는 듯 반색했다.

"아, 그래서 한동안 요미가 보이지 않았던 거군요. 그들에게 연락할 방법은 직접 사람이 가는 수밖에 없으니 말이에요."

그리고 웃는 낯으로 말을 더했다.

"예, 그렇지요. 그들이라면 믿을 수 있지요. 그나저나, 용케도 요미를 보내셨네요. 하늘이 두 쪽 나도 주군의 곁에서 절대 떨어지지 않으려는 아이를 대체 무슨 말로 구워삶은 거죠?"

설무백은 피식 웃으며 대답했다.

"검산에 다녀오면 매사에 나서지 말고 입도 열지 말라는 지난번 징계를 사해 준다고 했지."

"과연 그 조건이라면 두말없이 나섰겠군요."

"그러더군."

그들의 대화가 끝나기를 기다렸다는 듯 이번에는 혈뇌사야가 적이 감탄하며 나섰다.

"역시 제 짐작이 맞았군요. 공자님은 중원무림을 움직이는 보이지 않는 손입니다."

설무백은 짐짓 이맛살을 찌푸리며 혈뇌사야를 바라보았다.

"무슨 말을 그리 거창하게 해?"

혈뇌사야가 그게 무슨 소리냐는 듯 도리질을 하며 대답했다.

"그저 사실을 말하는 겁니다. 당금 황제의 등극을 뒤에서 도왔고, 지금도 북경상련을 통해서 전란으로 고갈될 황궁의 자금을 대고 있습니다. 그리고 이제는 중원을 노리는 몽고군을 뒤에서 통제하고 있으며, 중원 진출을 꿈꾸는 마교의 발호를 제지하고 있습니다. 상황이 이런데 어찌 제 말이 거창한 거겠습니까. 하하하……!"

그는 기분 좋은 웃음을 터트리며 말을 더했다.

"모르긴 해도, 지금 제가 나열한 말을 하면 백의 하나도, 아니, 천의 하나도 믿지 않을 겁니다. 그런 절대자가 세상천지 어디에 있느냐고 불신하겠지요. 그러니 보이지 않는 곳에서 중원을 움직이는 손이 아니면 또 무엇이겠습니까. 하하하⋯⋯!"

설무백은 무안해서 얼굴이 간지러웠다.

그는 예나 지금이나 다른 이가 해 주는 칭찬이 낯설고 어색한 사람인 것이다.

"괜한 소리 말고 그만 가지."

혈뇌사야가 대번에 어리둥절해진 눈빛으로 유목민들의 파오와 설무백을 번갈아 보았다.

"쟤들을 그냥 두고요?"

설무백은 슬쩍 유목민들의 파오를 일별하며 돌아섰다.

"저들의 계획이 들켰다는 것을 미리 광고할 필요는 없잖아. 서두르라고 했으니, 풍사가 이끄는 광풍대의 선봉대가 이삼 일 내로 도착할 거야. 그때 시작하면 돼."

혈뇌사야가 그게 아니라는 표정으로 물러서지 않고 말했다.

"이삼 일 내로라고 하지만 그 시간이면 황군이 몽고군의 본거지가 자리한 호화호특의 턱밑까지 진군할 겁니다. 그럼 그사이에⋯⋯!"

"아니, 아닐 거야."

"예?"

설무백은 무슨 말인지 모르겠다는 표정인 혈뇌사야를 향해 의미심장한 목소리로 말했다.

"나도 자세한 내막은 모르겠지만, 황군의 진군이 매우 느려. 내가 아는 아버님의 성정으로 볼 때, 이건 정말 있을 수 없는 일이야."

혈뇌사야가 뇌리를 스치는 무언가가 있는지 안색을 바꾸며 대답했다.

"하면, 무언가 내막이 있어서 설 장군이 일부러 진군을 늦추는 것이란 말입니까?"

설무백은 특유의 미온한 미소를 입가에 그리며 짧게 대꾸했다.

"아마도."

혈뇌사야가 씩, 하고 의미심장한 미소를 흘렸다.

"정말 아무리 생각해도 공자님은 여타 사람들과는 다르시네요. 이 늙은이였다면 당장에 설 장군님에게 달려가서 물어봤을 겁니다."

그는 정말 궁금하다는 표정을 지으며 재우쳐 물었다.

"대체 그걸 굳이 참는 이유가 뭡니까?"

설무백은 대수롭지 않다는 투로 대답해 주었다.

"그분은 내 일에 참견하지 않아. 나도 그럴 거야. 그저 돕는 거야. 아마도 그분 역시 나와 같으리라고 봐. 서로가 서로에게 직접 도움을 구하지는 않지만 그저 알아서 서로가 서로를 돕는 거지."

"서로 도울지언정 서로의 일에 참견하지는 않는다는 건가요?"

"이상해?"

"아니, 뭐, 이상할 것까지는 없습니다만, 특이하긴 하군요."

"특이한가?"

"특이하죠."

설무백은 잘 모르겠다는 표정으로 그저 어깨를 으쓱했다.

혈뇌사야가 잠시 여유를 두었다가 그를 따라하듯 어깨를 으쓱이며 말문을 돌렸다.

"어쨌거나, 분명 무언가 다른 내막이 있는 행동으로 보이기는 하네요. 제가 한번 알아볼까요?"

그는 곧바로 웃으며 말을 덧붙였다.

"아, 물론 싫으시겠죠?"

설무백은 짐짓 눈을 부라렸다.

"잘 알면서 왜 물어? 그에 대해서 알아볼 방법은 고작해야 아버님이나 그 주변을 탐색하는 것밖에 없잖아. 세상에 어떤 아들이 아버지의 뒤를 캐라고 시키겠어? 설마 나를 불효막심한 자식으로 만들고 싶은 거야?"

혈뇌사야가 웃는 낯으로 물러났다.

"그럴 리가요. 그저 한번 해 본 소리입니다."

설무백은 피식 따라 웃으며 말했다.

"나는 믿을 만한 사람, 믿고 싶은 사람은 그냥 믿어 주는 게 좋아. 그게 속도 편하고. 그러다가 한 번 된통 당한 적이 있는

데, 그때는 아니었지만 지금은 그마저도 운명이었나 싶어. 그 덕분에 내가 지금 이렇게 컸거든."

혈뇌사야는 제대로 이해하지 못하는 표정이었다.

그러나 설무백은 본의 아니게 스스로 뱉어 낸 자신의 과거에 불현듯 지금의 자신이 가지고 있는 전생에 당한 일에 대한 복수심이 얼마만큼이나 흐려져 있는지를 실감했다.

돌이켜보니 복수심에 불타던 마음에 대체 언제까지 지속되었던 것인지조차 기억이 가물가물했다.

부자는 좋은 사람이 되기 싶고, 강하면 너그러운 사람이 되기 어렵지 않다는 말이 있다.

어쩌면 그도 그렇게 변해 버린 것인지도 몰랐다.

강해질수록 죽자 살자 아등바등하던 지난날들의 기억이 하찮게 여겨지고 있는 것이다.

뭘까?

왜 그럴까?

시간이 지나면 잊어지는 여느 과거처럼 그의 복수심도 이렇게 퇴색되어 가는 것이 자연스러운 현상일까?

'어쩌면 그저 배가 부른 것인지도 모르지!'

설무백은 알게 모르게 점점 더 식어 가는 자신의 복수심에 대한 근원을 살펴보다가 문득 그런 생각이 들었다.

지금의 그는, 아니, 벌써부터 그는 흑표는 말할 것도 없고, 능히 사도진악을 넘어섰다는 자신이 붙었음에도 불구하고 굳이 찾아 나서서 복수할 생각을 하지 않았다.

분명 처음에는 맛난 과일을 아껴 먹고 싶은 아이의 마음처럼 굳이 서두르고 싶은 마음이 들지 않았을 뿐이었다.

하지만 나중에는 그런 기분이 아니었다.

시간이 지날수록 그날의 아픔과 격노가 시들해지며 점점 더 하찮게 느껴졌다.

'내가 전생의 기억을 가지고 다시 태어난 이유는 단지 천재일우(千載一遇)의 홍복일까, 아니면 그날의 운명이 잘못되었으니 바로잡으라는 천우신조(天佑神助)의 기회일까?'

설무백은 본의 아니게 실로 오랜만에 자신을 돌아보는 계기를 마련해서 깊은 고뇌에 빠져들다가 문득 정신을 차렸다.

어리둥절해서 바라보는 혈뇌사야와 공야무륵의 눈빛이 그의 정신을 일깨었다.

그는 애써 내색을 삼가고 돌아서며 말했다.

"어디 가서 밥이나 좀 먹죠?"

꽃

철목으로 기둥을 세우고 질긴 흑우의 가죽을 쇠심줄로 엮어서 펼친 거대한 파오의 천장은 별빛이 자리한 밤하늘처럼 크고 작은 야명주가 주렁주렁 늘어져 있고, 거대한 청동향로를 중심으로 둥그렇게 원을 그린 벽은 흔히 볼 수 없는 신병이기로 채

워진 병기반과 포효하는 각종 사나운 짐승의 머리들로 절반을 나누고 있었다.

푸른 이리 칭기즈 칸의 혈통임을 자랑하는 몽고족의 대칸 아르게이의 거처인 파오였다.

아르게이는 술을 마시고 있었다.

한 길이 넘게 자른 아름드리 통나무에 호피를 덮어서 등받이로 삼고 앉은 채로 검은 면사로 하관을 가린 여인 하나가 큼직한 낙타 주머니를 기울여서 따라 주는 술을 산양의 뿔로 만든 술잔에 받아서 마시고 술잔을 털어 낸 그는 나직하게 중얼거렸다.

"자카와 하르호른이 둘 다 실패했다? 놀랍네, 이거?"

혼잣말을 되뇌는 아르게이의 태도는 실로 무덤덤하고 무표정했다.

사태를 보고한 카라친의 수장 바얀 부이르는 그 반응을 보고 내심 적잖게 놀랐다.

'화를 내실 줄 알았는데……!'

대칸 아르게이는 역대 칸 중에서도 가장 자신의 감정에 솔직한 인물로 정평이 나 있었다.

그 덕분에 다른 한편에서는 감정의 기복이 심해서 너무 경박하다고 쑤군거리는 자들이 있긴 하지만, 그건 아르게이의 담백하게 솔직한 성정을 모르는 자들의 무지이거나, 너무도 잘 아는 자들의 시기일 뿐이었다.

그래서 바얀 부이르는 지금 아르게이가 보여 주는 반응이 실로 의외였다.

속내를 감추는 사람이 아닌데, 적어도 그의 면전에서는 그러는 사람인데, 마치 감정을 누르는 것으로 보이는 것이다.

바얀 부이르가 그 때문에 못내 눈치를 보는 참인데, 술을 따르려는 여인, 이얀카에게 오히려 수중의 술잔을 넘기며 재차 혼잣말을 중얼거렸다.

"이러면 이거 정말 헷갈리는데……?"

바얀 부이르는 이 말을 듣고서야 알아차렸다.

지금 아르게이는 감정을 누르는 것이 아니라 그가 생각하지 못하고 있던 부분을 생각하고 있었던 것이다.

"혹시 저들의 진군을 의심하고 계셨습니까?"

아르게이가 가만히 고개를 끄덕이며 대꾸했다.

"우리 땅을 평정한 중원의 황제는 없다. 그런데도 작금의 애송이 황제는 그 자리를 차지하기 위해서 아비가 인정한 황제를 깔아뭉개느라 있는 거 없는 거 다 긁어다 썼다. 그네들 말로 고 굉지신을 자처하는 수하들은 지칠 대로 지쳤고, 국고는 텅 비웠다는 얘기다. 그런 황제가 논공행상이 끝나기 무섭게 또다시 군대를 일으켰다. 역대 제황들조차 꿈꾸기 어려운 도모하기 위해서 말이야."

말미에 그는 슬쩍 바얀 부이르에게 시선을 던지며 물었다.

"너는 그걸 어떻게 생각해?"

느닷없는 질문이었으나 바얀 부이르는 수호자들의 수장이기 이전에 타타르의 대현자답게 추호도 망설이지 않고 대답했다.

"두 가지 이유를 예상할 수 있습니다."

"얘기해 봐."

"우선 첫째는 논공행상이 끝났음에도 여전한 불협화음을, 즉 내부의 갈등을 해소하려고 어쩔 수 없이 사람들의 이목을 밖으로 돌리기 위함일 수 있습니다. 참고로 이 경우라면 승패에 연연하지 않을 겁니다. 어차피 보여 주기 위한 형식에 불과하니까요."

"둘째는?"

"다른 하나는 정말로 이 땅을 차지할 자신이 있는 겁니다. 아비의 뜻을 어기고 조카의 목을 쳤습니다. 자기 스스로도 어려울 수 있다고 생각한 거사를 성공하고 황위에 올랐으니, 실로 기고만장해지는 게 당연하지요. 본디 무소불위의 능력은 사리를 분별할 능력을 잃게 하는 주범이니 말입니다."

"과연 내 생각과 일치하네."

아르게이가 기꺼운 표정으로 고개를 끄덕이고는 재우쳐 물었다.

"그래서 네 생각은 첫 번째야 두 번째야?"

바얀 부이르는 이번에도 역시 추호도 망설이지 않고 바로 대답했다.

"저는 첫 번째로 보고 있습니다. 두 번째로 나아갈 만큼 어리석은 자라면 작금의 시기에 황위를 차지하지 못했을 겁니다."

"음."

아르게이가 문득 침음을 흘리며 말을 받았다.

"과연 그 역시 내 생각과 일치하는군. 그런데 그래서 문제야. 내 생각엔 단지 내부의 갈등을 해결하기 위해서 이목을 밖으로 돌린 것치고는 저들이 너무나도 적극적이고, 또 강하게 나오고 있단 말이지."

바얀 부이르는 동의했다.

"저도 이번 사태를 보고 그렇게 생각하고 있습니다. 다만 대 칸께서는 저들의 군대 배후에 무림인들이 있을지도 모른다는 것을 이미 예견하시어 이미 그에 대한 대비도 해 놓으시지 않았 습니까?"

기실 이것이 바로 그가 적의 보급로를 차단하고 나선 기습대 의 공격이 실패로 돌아갔음을 보고받고 드러낸 아르게이의 반 응을 적이 이채롭게 바라본 진짜 이유였다.

중원의 무림인들이 황군의 배후에서 암약할 것이라는 사태 까지 이미 충분히 대비해 놓은 사람의 반응치고는 너무나도 진 지했던 것이다.

'오히려 자신의 대비가 옳았다고 통쾌해 있어야 했는데……!'

아르게이가 못내 의아한 눈빛으로 바라보는 그의 시선을 외 면하며 턱을 주억거렸다.

"그게 너무 노골적이라서 그래."

천원천의
주인

"예?"

"이제 막 우리 땅으로 들어선 자들이 벌써부터 대놓고 자신들의 배후에 중원의 무림인들이 있다는 것을 드러냈어. 마치 자랑이라도 하듯이 말이야. 그게 과연 그들에게 있어 어떤 이득이 있을까?"

"……!"

바얀 부이르는 한 방 맞은 듯한 표정이 되었다.

이건 정말 그가 간과하고 있던 사실이었다.

딴청을 부리며 말하던 아르게이가 그런 그에게 시선을 고정하며 재우쳐 물었다.

"아무런 이득도 없는 짓을 대체 왜 했을까? 하물며 이번 원정에 나선 황군의 지휘관이 제법 머리를 잘 굴리는 자라고 하지 않았나? 그런 자가 왜? 혹시 약이라도 처먹어서 바보 멍청이가 된 것일까?"

이건 더 이상 질문이 아니라 타박이었고, 질타였다.

바얀 부이르는 바로 깨달으며 즉시 바닥에 엎드려서 머리를 조아렸다.

"죄송합니다, 대칸! 제 생각이 너무나도 짧았습니다! 부디 용서해 주십시오, 대칸!"

"아니, 아니……."

아르게이가 손사래를 쳤다.

"지금은 네가 용서를 구할 때가 아니라, 사태를 보다 정확히 판단해서 답을 구할 때야. 명색이 네가 우리 부족의 대현자잖아. 네가 모르면 나는 물론, 우리 모두가 아무도 모르고 그냥 당하는 거야. 안 그래?"

바얀 부이르는 바닥에 머리를 찧으며 대답했다.

"예, 알겠습니다! 즉시 답을 찾아오도록 하겠습니다, 대칸!"

아르게이가 전에 없이 단호한 표정으로 변해서 준엄하게 부정했다.

"아니, 지금 여기서 찾아. 네가 나가서 찾고 뭐하고 그럴 시간이면 또 다른 변수가 생길 수도 있을 것 같으니까."

바얀 부이르는 절로 긴장해서 마른 침을 삼켰다.

본디 몽고 말로 바얀은 풍요로움을 뜻하고, 부이르는 수컷 수달을 의미한다.

그 이름처럼 그는 앞니가 두드러진 얼굴은 작지만, 몸은 거대한 뚱보인 것인데, 그와 같이 비대한 체구로 인해 안 그래도 땀이 많은 그는 지금 진땀으로 인해 전신이 흠뻑 젖어 가고 있었다.

아르게이가 전에 없이 냉정한 눈빛으로 그런 그를 직시하다가 이내 빙그레 웃었다.

"너무 그리 긴장하지 마. 네가 아니면 다른 누구도 답을 구할 수 없을 것 같아서 이러는 거니까. 대신 그간 내가 이상하다고 생각한 문제들을 말해 주지. 들어 보면 무언가 답이 나올지도 몰라. 사람은 서로 보는 시각이 달라서 나는 몰라도 너는 알 수도 있으니까."

"알겠습니다! 신중하게 경청하겠습니다!"

"무슨 신중까지…… 아무튼, 그간 내가 작금의 동향을 보면서 이건 문제라고 생각한 것은 세 가지야. 우선 첫째!"

아르게이는 보란 듯이 손가락 하나를 꼽으며 말했다.

"저들이 거병을 일으켜서 세외로 나선 것이 내가 중원으로 입성하려고 계획한 시기와 정확히 맞물렸다는 거 알고 있지?"

바얀 부이르는 대답하지 않고 그저 다음에 이어질 말을 기다렸다.

이건 대답을 필요한 질문이 아니라 그저 확인이라는 것을 인지했기 때문이다.

과연 아르게이가 대답을 기다리지 않고 바로 말을 이었다.

"내 생각엔 그것도 문제 있어. 시기적으로 너무나도 절묘해."

이건 확인이 필요하다고 생각한 바얀 부이르는 즉시 물었다.

"내부에 첩자가 있다고 생각하십니까?"

아르게이가 고개를 끄덕이는 것으로 인정하며 말했다.

"우리 쪽에 붙은 한간(漢奸 : 매국노)들 좀 다시 한번 세밀하게 잘 훑어봐. 아무리 봐도 첩자가 있을 때라곤 거기밖에 없으니까. 그들 중에 내 의중을 아는 자는 그리 많지 않으니, 속아 내는데 그리 어렵지는 않을 거야."

"예, 알겠습니다! 바로 조치하겠습니다!"

"그리고 다음 문제!"

아르게이가 바로 두 번째 문제를 꺼냈다.

"나는 솔룽가 사부가 악지산, 그 노마를 제대로 통제하고 있다고 보지 않아. 그래서 악지산도 믿지 않고, 그 노마의 말을 듣고 마교총단의 그 미치광이 꼬마가 이번 일에 순순히 나서는 것도 그 저의를 의심하고 있지."

그는 싱긋 웃으며 부연했다.

"그 미치광이 꼬마가 이번 일에 나서는 건 순전히 이제(二弟) 때문일 거야. 이제에게 우리에 대한, 아니, 나에 대한 선수를 뺏겼다고 생각해서 늦었지만 이제라도 우호적인 모습을 보이는 걸 테지. 이제가 없으면 자기랑 붙어먹을 수 있는 자리를 마련해 놓는 것이라고나 할까?"

바얀 부이르는 다시금 놀라서 절로 눈이 커졌다.

자꾸만 놀라고 당황만 하고 있으니, 바보가 되어 버린 기분이었지만, 어쩔 수 없었다.

지금 이 말은 또 하나의 거대한 음모를 내포하고 있었다.

아르게이가 말하는 이제는 바로 마교총단의 칠공자인 벽안옥룡 야율적봉이기 때문이다.

"하면, 그분의 안위가……?"

바얀 부이르는 아르게이와 야율적봉의 관계를 생각해서 감히 그 음모를 입에 담지 못하고 의문만 드러냈다.

아르게이가 가만히 고개를 끄덕였다. 그리고 다시 웃는 낯으로 고개를 저었다.

"그래, 언제고, 아니, 분명 조만간 그 미치광이 꼬마가 이제의 목숨을 노리겠지. 하지만 걱정 마. 내가 아는 이제라면 그리 호락호락하게 당할 일은 없을 테니까."

그는 입가의 미소를 한층 더 짙게 드리우며 의미심장하게 말을 덧붙였다.

"굿이나 보고 떡이나 먹자고. 그들이 손을 합치는 것보다는 그들 중 하나가 죽어서 사라지는 게 내게는 더 좋은 일이야. 여태 내가 물심양면으로 이제를 도운 이유가 그 때문이잖아. 허무하게 당하지 말라고, 이기면 더 바랄 것이 없지만, 죽을 때 죽더라도 그 미치광이 꼬마에게 적잖은 타격은 주고 죽으라고 말이야. 흐흐흐……!"

바얀 부이르는 절로 가슴이 오싹해지며 전신에 소름이 돋았다.

그간 늘 호흡하는 공기처럼 곁에 있는 아르게이의 존재를 자연스럽게 인식하다 보니, 자신도 모르게 아르게이가 누구고, 어떤 인물인지 망각하고 있었던 것 같았다.

아르게이는 바로 목숨을 내놓을지언정 쉽게 굴복하지 않는 거칠고 사나운 대초원의 부족들을 통일한 대칸인 것이다.

"마지막으로 세 번째 문제!"

그때 아르게이가 거짓말처럼 안색을 바꾸며 세 번째 문제를 꺼냈다.

"나는 한간들과는 별개로 우리의 사정을 외부로 흘리는 자가 있다고 봐. 마교총단의 그 미치광이 꼬마가 이번 일에 선뜻 나선 이유 물론 이제의 영향이 주효하지만, 다른 한편으로 그만큼 우리의 내부 사정을 정확히 파악하고 있다는 방증이니까."

바얀 부이르는 마치 인이 백인 것처럼 더 이상 놀라지 않고 침착한 모습으로 물었다.

"누구를 의심하십니까?"

아르게이가 바로 대답해 주었다.

"장로들을 한번 살펴봐."

장로들이란 바로 몽고 대초원의 부족장들인 칸들이었다.

저마다 부족들을 이끌던 그들이 지금은 그들을 대표하는 장로의 신분이 되어서 아르게이의 예하에 있는 것이다.

"특히 막강한 힘을 가졌거나, 아무런 힘도 가지지 못한 두 부류의 인물을 중심으로."

아르게이는 잘라 말했다.

"자신의 위치보다 작은 힘을 가진 자는 자괴감으로 야망을 가지고, 자신의 위치보다 큰 힘을 가진 자는 그 어떤 자리도 좁다는 자만으로 야망을 키우는 법이니까."

몽고의 발호 이십육 일째 날 오후

일반적으로 한간(漢奸)은 피치 못할 사정으로 인해 몽고로 망명한 중원인을 일컫는다.

한간이라는 말이 매국노로 대변되고 또 그렇게 인식되는 이유가 다 그 때문이다.

정적을 피해서 망명한 정치가든, 도둑질이나 강도짓 혹은 살인을 해서 관부를 피해 도망친 자든 간에 어차피 나라를 버린 것은 매한가지인 것이다.

다만 그건 어디까지나 중원의 시각이다.

보다 정확히는 중원을 지배하는 한족들의 시각에 국한되는 일이다.

대부분의 몽고인들이 그들을 한간이라고 부르지 않는다.

지극히 호의적인 사람들은 공인(公人)이라 부르고, 그다지 탐탁하게 여기지 않는 사람들은 망객(亡客)이라 부른다.

한간은 단지 이런저런 이유로 중원에서 도망치거나 몽고로 망명한 사람들뿐만 아니라, 중원 대륙을 침략한 자들과 내통하거나 협력한 사람도 함께 통틀어서 민족의 배신자 혹은 매국노라고 부르는 중원인들의 욕이기 때문에 그것을 대신해서 자신들의 나라와 사회에 적잖은 영향을 미치는 사람이라는 뜻으로 공인이라 부르거나, 그저 단순히 나라를 잃은 사람이라는 의미로 망객이라고 부르는 것이다.

따라서 그런 면에서 볼 때, 아르게이가 지시를 내리는 와중에 한간이라는 말을 입에 담은 것은 실로 대단한 의미를 내포하고 있었다.

아르게이의 심중에는 중원을 등지고 자신에게 협조하고 있는 사람들을, 바로 중원의 한인들을 곱게 보지 않고 인정하지 않는다는 의사가 내제되어 있는 것이다.

그 때문이었다.

바얀 부이르가 찾아가서 아르게이의 의사의 명령을 전해 주자, 몽고군의 전위대에 속해 있으며, 전격적으로 시행된 이번 보급로의 기습도 지원하고 있는 낭무좌위(狼霧左衛)의 지휘관 여대강(呂大康)은 실로 불편한 심기를 드러냈다.

"대칸의 말씀이 실로 여러모로 아쉽군요. 의심을 하는 것은 당연하다고 생각되나, 한간이라니요. 중원인이 그렇게 말해도 화가 나는데, 우리 모두가 목숨을 걸고 복종하며 지원하는 대칸께서 그런 말씀을 하시다니, 참으로 침통할 지경입니다."

바얀 부이르는 멋쩍은 미소를 지으며 고개를 끄덕이는 것으로 여대강의 태도를 인정했다.

수긍하지 않을 수 없는 것이 낭무대(狼霧隊)는 몽고군의 정보와 첩보를 담당하는 기관이며, 그중 여대강이 지휘관으로 있는 낭무좌위의 인원은 거의 다가 소위 망객이라 불리는 한인들로 구성되어 있는 것이다.

"진정하게. 망객들 전부를 두고 하는 말은 아닐 걸세. 망객들 속에 침투해 있는 중원의 간세를 꼬집어서 말한 걸게야. 작심하고 카라친을 내세웠는데, 실패했네. 화가 나실 만도 하질 않나."

"일이 터지기 무섭게 우리를 의심하는 것부터가 정말 섭섭합니다. 한 배를 타고 있는 우리를 동료가 아니라는 이방인이라는 편견을 가지고 계신 듯하여…… 따지고 보면 대칸께서 인정하는 천산파도 중원의 한족에게는 한간으로 내몰리고 있지 않소이까. 근데, 어찌 우리만……."

애써 분을 삭이는 표정으로 말꼬리를 흐린 여대강이 불쑥 심도 깊은 눈빛으로 바얀 부이르를 직시하며 물었다.

"현자께서는 어떻게 생각하십니까? 정말 이번 일이 우리 애들의 입에서 나갔다고 생각하십니까?"

바얀 부이르는 자못 이맛살을 찌푸렸다.

"그렇게 말하면 나야말로 섭섭하네. 내가 이렇게 자네를 찾아온 것을 보고도 그런 말을 하나?"

여대강이 무색해진 표정으로 함구했다.

바얀 부이르는 끌끌 혀를 차고는 다시 말했다.

"대칸께서 못내 망객들을 차별하고 있다는 생각은 드네. 하지만 상황이 상황이니만큼 그런 감정은 배제하고 냉정하게 생각하게나. 대칸께서는 하다못해 장로들도 의심하고 계시네."

"장로들까지······?"

"나 역시 같네. 이번 작전을 아는 모두를 의심의 범주에 넣고 있네. 당연히 그 속에는 망객들도 포함되어 있고 말일세."

"음."

여대강이 침음을 흘렸다.

이제야말로 사태의 심각성을 인지한 듯 분노 대신에 신중함이 자리한 눈빛이었다.

바얀 부이르는 그런 그를 주시하며 타이르듯 다시 말했다.

"자네도 알겠지만 내가 따로 은밀히 조사할 수도 있었네. 하지만 자네를 믿기에 이렇듯 직접 찾아온 게야."

여대강이 고개를 숙였다.

"그 점은 정말 감사하게 생각합니다."

"그래그래."

바얀 부이르는 기꺼운 표정으로 재우쳐 말했다.

"의심은 벗어 버리면 그만인 게야. 하물며 자네부터가 적극적으로 나서서 조사를 한다면 누가 보더라도 낭무좌위에 구린 구석이 없다는 것을 증명하는 계기가 될 걸세."

여대강은 완전히 설득당한 표정으로 고개를 끄덕이며 물었다.

"기한이 있습니까?"

"따로 정해 주지 않으셨네."

바얀 부이르는 곧바로 힘주어 말을 덧붙였다.

"하지만 자네도 알다시피 이런 일은 빠를수록 좋지 않겠나."

여대강은 바로 수긍하며 대답했다.

"필시 내통자가 있다고 가정해서 최선을 다해 발본색원(拔本塞源), 사흘 내로 보고 드리겠습니다!"

"그래그래, 나는 자네만 믿겠네."

바얀 부이르는 만족한 표정으로 고개를 끄덕이다가 이내 깊은 한숨을 내쉬며 돌아섰다.

"나는 장로들의 일만해도 참으로 버겁다네. 자네도 알겠지만, 나로서도 대하기 껄끄러운 사람이 있잖은가."

여대강이 바로 알아들었다.

"도르곤칸을 상대하는 것은 그 누구라도 정말 거북한 일이긴 하지요."

"그렇지."

바로 수긍한 바얀 부이르는 절로 깊은 한숨을 내쉬고는 손을 흔들며 밖으로 나섰다.

"지금 그 사람을 만나러 가야 하니, 무운을 빌어 주게나."

　몽고 진영의 장로들, 바로 세외의 수많은 부족들 중에서도 나름 영향력을 행사하는 부족장들, 이른바 칸들은 몽고의 군영에서도 저마다 자신들만의 진영을 구축하고 있었다.

　몽고군의 지휘 체계는 대칸의 명령을 그들이 받아서 수하들을 부리는 형태이기 때문에 어쩔 수 없었다.

　다만 저마다 일개 부족을 대표하는 칸이라도 다 같은 칸이 아니었고, 그에 따라 그들의 영역도 천차만별이었다.

　사람들이 모인 조직에서는 그것이 자발적인 협조든 어쩔 수 없는 굴복이든 간에 힘을 가진 자가 보다 더 큰 권력을 누리며 보다 더 좋은 것을 가지는 것이 당연한 것이다.

　바얀 부이르가 바로 수긍한 여대강의 말마따나 장로 도르곤을 상대하는 것이 거북하고 짜증 나는 일인 이유가 바로 거기에 있었다.

　도르곤, 정확히는 풀라흔도르곤은 인물 자체가 까다로운 성격이기도 했지만, 그에 앞서 작금의 몽고 진영에서 몽고를 통일한 타타르이 족장인 대칸 아르게이보다도 더 많은 식구를 거느린 여진족의 칸이기 때문이다.

　풀라흔은 여진족의 언어로 '붉다'는 것을 의미하며 '피'를 상징하기도 하고, 도르곤은 바로 '오소리'를 뜻했다.

풀라흔도르곤은 붉은 오소리, 즉 피를 묻히고 다나는 오소리처럼 사나우면서도 영리하다는 의미인 것인데, 그런 인물이 작금의 몽고 진영에서 대칸 아르게이 다음의 권력을 가진 이인자이니, 감히 누군들 상대하기가 거북하지 않겠는가.

여대강에게 무운을 빌어 달라는 바얀 부이르의 말은 그냥 하는 말이 아니었던 것이다.

그러나 바얀 부이르는 여대강과의 대화를 끝내고 돌아서는 순간부터 그렇게나 마음을 다잡았음에도 불구하고 풀라흔도르곤을 마주하는 순간 절로 속이 거북해졌다.

"대현자께서 이 시간에 어쩐 일로 나를 다 찾아왔는가?"

대칸 아르게이의 거처도 그랬지만, 여진족의 족장인 풀라흔도르곤의 거처도 파오였다.

유독 그 두 사람만이 장원 내부의 전각을 마다하고 따로 파오를 지어서 생활하고 있는 것인데, 자신의 거처인 파오로 들어서는 바얀 부이르를 반갑게 맞이하는 풀라흔도르곤은 때 아닌 식사를 하고 있었다.

그런데 그 음식이 핏물이 뚝뚝 떨어지는 생육이었다.

"식사를 하시던 중이셨구려. 그럼 나중에 다시······!"

"우리 사이에 무슨 그런 격식을······!"

풀라흔도르곤이 손짓해서 그를 불렀다.

"그러지 말고 이리 앉으시오. 요즘 로보도(사슴)의 생간을 먹기에 아주 적기라오. 내가 요즘 이 맛에 빠져서 몸이 불고 있다오. 현자도 어서 한 점 해 보시오. 아주 입에서 살살 녹는다오."

"아, 아니, 본인은 이미 식사를…… 과식을 해서……!"

바얀 부이르는 다급히 사양했다.

그는 북쪽의 시비르(시베리아)지역에 모여 사는 소수 부족인 하카스족 출신이었다.

하카스족은 한곳에 정착해서 농업에 종사하는 사람들이 없지 않긴 해도, 거의 대부분이 소나 양, 말 등을 기르는 반유목민인지라 생식을 하는데 전혀 거부감이 없었지만, 바얀 부이르는 달랐다.

그는 극히 소수에 불과한 정착민 출신이고, 그중에서도 유독 생식을 꺼려했다.

"그렇소?"

다행스럽게도 풀라흔도르곤이 대수롭지 않게 그의 말을 받아넘기며 재우쳐 말했다.

"그럼 얘기나 듣도록 하지요. 그래, 무슨 일로 이 시간에 나를 다 찾아온 거요?"

바얀 부이르는 계면쩍게 웃는 낯으로 대답했다.

"식사를 하면서 들을 얘기는 아닌 것 같소이다."

풀라흔도르곤의 안색이 살짝 변했다.

그는 못내 아쉽다는 표정으로 사슴의 생간이 차려진 상을 옆으로 물리며 말했다.

"말해 보시오. 무슨 일인데 그리 심각하오?"

바얀 부이르는 풀라흔도르곤의 성격을 누구보다도 잘 아는 사람 중의 하나였다.

구구절절, 시시콜콜 말 많은 사람을 지극히 혐오하며, 그 자신은 한 가지 문제로 놓고 다방면으로 생각하느라 시간을 끌면서도 상대는 그 자리에서 싫으면 싫고 좋으면 좋은 것을 바로 드러내야 흡족해하는 사람이 바로 풀라흔도르곤이었다.

그는 그 성격에 맞추어서 거두절미하고 바로 말했다.

"대칸께서 장로들 중에 마교총단의 이공자와 내통하는 자가 있는 것 같다고 의심하시며 내사를 지시했소."

풀라흔도르곤이 놀란 듯 잠시 멈칫하다가 이내 묘한 미소를 입가에 머금으며 대답했다.

"참으로 생각을 많이 하게 만드는 말이구려. 우선 묻겠소. 마교총단의 이공자라고 콕 꼬집어 말하는 것을 보니 칠공자인 야율 공자는 거기서 제외되는 거요?"

바얀 부이르는 이런 식의 반문은 예상하지 못한 까닭에 일순 멈칫했으나, 이내 긍정하는 것으로 대답했다.

"아마도 그런 것 같소."

풀라흔도르곤이 고개를 끄덕이다가 이내 입가의 미소를 한결 더 짙게 드리우며 다시 물었다.

"그럼 두 번째 질문. 지금 현자가 본인을 찾아와서 그와 같은 말을 전하는 이유는 대칸의 의심에서 본인은 제외라는 뜻인데, 그건 대칸의 생각이오?"

바얀 부이르는 못내 곤혹스런 표정을 드러내며 대답했다.

"하해와 같은 대칸의 흉중을 본인이 어찌 짐작하겠소. 다만 본인은 적어도 대여진족의 족장이신 도르곤칸에게는 몽고의 분란을 야기하고 끝내 예전처럼 뿔뿔이 흩어지게 만들 여지가 다분한 그와 같은 역심은 없을 것으로 보고 있는 거요."

풀라흔도르곤은 빙그레 웃으며 대답했다.

"현자의 뜻을 잘 알겠소. 그럼 사흘만 기다려 주시오. 내 무슨 일이 있어도 그 안에 마교총단의 이공자와 내통하는 자를 찾아내 주겠소. 물론 그런 자가 있다면 말이오."

"알겠소. 그럼 도르곤칸만 믿겠소."

바얀 부이르는 반색하며 고개 숙여 인사하고는 실로 기꺼운 표정으로 풀라흔도르곤의 거처를 빠져나왔다. 그리고 실로 흡족한 기분으로 발걸음도 가볍게 네 개의 담과 두 개의 정원을 가로질러 장원의 측면 구석에 자리한 자신의 거처로 돌아갔다.

"왔소?"

바얀 부이르의 거처에는 마치 자기가 주인인 것처럼 창가의 다탁에 두 다리를 올려놓고 방만하게 앉아 있다가 안으로 들어서는 그를 맞이하는 사람이 하나 있었다.

상대는 바로 마교총단의 실세인 마교이공자, 극락서생 악초군이 가장 최측근임을 인정한 사내, 마교십삼악의 대형인 일악이었다.

일악은 늘 그렇듯 태연하고, 늘 그렇듯 거만했다.

지금 자신이 여차하면 수십만의 군사를 상대해야 하는 몽고군의 진영에 들어와 있다는 사실을 전혀 인지하지 못하는 것 같은 모습이었다.

'인지하지 못하는 것이 아니라 무시하는 것일 테지.'

자신이 있다는 뜻일 게다.

바얀 부이르는 그와 같은 일악의 태도에 새삼 감탄했고, 다른 한편으로 두려움을 느꼈다.

일악이 아니라 일악 같은 자를 수하로 거느리고 있는 악초군에 대한 감탄과 두려움이었다.

그는 애써 그런 속내를 내색하지 않으며 물었다.

"제법 세세한 보고를 이미 전해 주었는데, 무슨 일로 온 건가?"

일악이 특유의 권태로운 목소리로 대꾸했다.

"하나 빠진 것이 있어서……."

바얀 부이르는 이간을 찌푸렸다.

대체 무엇을 빠트렸다는 건지 선뜻 생각나는 것이 없었다.

"뭐지 그게?"

"칠공자가 이곳에 합류하는 시기. 어쩌면 벌써 합류했을지도 모르는 일이고…… 주군께서 한번 확인해 보라고 해서……."

"그건……!"

바얀 부이르는 짜증이 확 밀려와서 무심결에 언성을 높이다 이내 자신의 실태를 깨달으며 목소를 낮추어서 말했다.

"내가 전에 말했지 않나. 칠공자에 관한 사안은 전적으로 대칸이 나서기 때문에 내가 알 수 있는 길이 막막하다고. 그래도 정보가 들어오는 즉시 알려 주겠다고. 설마 내 말을 믿지 못하는 건가?"

일악이 귀를 후비며 시큰둥하게 대꾸했다.

"내게 뭐라고 하지 마쇼. 나야 어디까지나 주군의 지시대로 움직이는 사람에 불과하니까. 까라면 까야지 별수 없지 않소."

바얀 부이르는 한숨을 내쉬며 하소연하듯 말했다.

"알았네. 그렇겠지. 아무튼, 대칸께서 우리 영내에 이공자와 내통하는 자가 있는 것으로 의심하고 계시네. 오늘 내게 그것에 대한 조사를 지시했어. 그러니 앞으로는 이렇게 사전에 아무런 기별도 없이 불쑥 찾아오는 것은 자제해 주게. 꼬리가 길만 밟힌다는 말이 있지 않은가."

"후후……!"

일악이 그의 진지함에 아랑곳하지 않고 가소롭다는 듯이 웃으며 나직이 읊조렸다.

"고양이에게 생선을 맡겼구려."

바얀 부이르는 새삼 발끈해서 이마에 핏줄이 돋아났다.

그런 그를 힐끗 쳐다본 일악이 다시 말했다.

"뭘 그리 발끈하시오. 난 그저 사실을 말하는 것뿐이오."

바얀 부이르는 지그시 어금니를 악물었다.

그랬다.

사실이었다.

아르게이가 발본색원하라는 자는, 몽고 진영에서 마교총단의 이공자와 내통하는 자는 다른 사람이 아니라 바로 그였던 것이다.

'하지만 적어도 네놈들은 그렇게 말하면 안 되지!'

바얀 부이르는 가슴에서 치솟는 분노를 삭이느라 애쓰며 숨을 골랐다. 그리고 지고지순한 그 인내의 성과로 나직한 목소리를 뱉어 냈다.

"알겠으니, 돌아가거들랑 이공자께 내 입장이나 잘 말씀드려 주게. 내가 빼먹은 보고는 없네. 칠공자에 대한 것은 나로서도 어쩔 수 없는 사안이니 조금 더 너그럽게 봐달라고 해 주시게. 게다가 이제 곧 칠공자와 회동을 가질 것이 아닌가. 만나지도 않고 같은 적을 상대로 싸울 수는 없을 테니까 말일세."

일악이 힘겹게 사정하는 그의 태도가 무색하게 시큰둥한 반응을 보이며 대꾸했다.

"당신 말마따나 이제 곧 칠공자와 회동을 가질 거라서 미리 칠공자의 동향을 파악하려는 거요. 사정을 모르고 만나는 것보다 사정을 알고 만나는 것이 유리하니까."

"다시 말하지만……"

"잘 알아들었으니, 그만해도 되오."

일악이 거듭 사정하려는 바얀 부이르의 말을 자르고는 탁자에 올려놓고 있던 다리를 내리며 일어서서 재우쳐 물었다.

"다음 보고가 언제요?"

바얀 부이르는 너무나도 태연자약한 일악의 태도에 내심 치가 떨렸으나, 이번에도 역시나 지고지순한 인내를 발휘해서 참아 내며 나직하게 대답해 주었다.

"한 달에 두 번, 보름에 한 번이니 닷새 후일세."

일악이 가만히 고개를 끄덕이며 돌아섰다. 그리고 그대로 연기처럼 홀연히 사라졌다.

"아니, 그냥 가면……!"

바얀 부이르는 발작적으로 소리치다가 이내 입을 다물었다. 뒤늦게 일악의 목소리가 들려왔던 것이다.

"당신 가족들은 잘 지내고 있소. 그러니 내가 오늘처럼 다시 찾아오는 일이 없도록 부디 그때도 제대로 된 보고를 기대하겠소."

바얀 부이르는 몸서리를 치며 빠드득 이를 갈았다.

이제야말로 오늘 일악이 방문한 것이 단순히 칠공자에 대한 문제를 따지러 온 것이 아니라 그가 딴생각을 품지 못하도록 하려는 단속이었음을 깨달은 것이다.

"하여간 지독한 놈들이라니까!"

그런데 이상한 일이었다.

극도로 분하고 억울해서 화를 내는 것처럼 보이는 그의 태도에는 묘하게도 열의가 느껴지지 않았다.

일악의 기척이 완전히 사라지기 무섭게 싸늘한 미소를 지으며 거처를 나서는 것부터가 그랬다.

거처를 나선 그는 곧장 장원을 벗어났다.

대문을 지키는 문지기들의 수장은 카라친의 일원이었으나, 그의 외출에 대해서 묻지도 따지지도 않았다.

물건을 사든지, 구경을 하든지 간에 번화가로 산책을 나가는 것이라고 생각하는 것이다.

그들, 몽고의 부족들이 다 그랬다.

타타르나 여진족 등의 거대 부족을 제외하면 험한 산 속에서 몇 십 명씩 모여 사는 부락이 다였고, 사방에 흩어져서 사는 부족들을 다 긁어모아도 타타르족이나 여진족 등을 제외하면 몇 만도 되지 않는 인원이 전부였다.

물론 그렇다고 번성한 도회지가 없는 것은 아니었지만, 그런 지역들의 대부분이 소수의 부족들 간에 교역을 위해서 모였다가 흩어지는 장소에 불과해서 중원의 도회지와 비교하면 도회지라고 부르기도 민망한 수준이었다.

그러니 그들에게 있어 비교적 중원과 가까운 여기 호화호특의 도심은 누구라도 틈만 나면 나가고 싶은 구경거리였고, 실제로 지위 고하를 막론하고 다들 시간만 나면 밖으로 나가곤 했던 것이다.

그러나 장원을 나선 바얀 부이르는 대략 십여 리 떨어진 호화호특의 번화한 저잣거리로 들어서긴 했으나, 여느 사람들처럼 구경에는 별다른 관심을 보이지 않았다.

그저 사람들로 왁자지껄한 저잣거리를 휘적휘적 걷다가 어느 한순간 샛길로 빠졌다.

흡사 동전의 양면처럼 혹은 빛과 어둠이 공존하는 것처럼 번화한 저잣거리에서 소소로 이어진 뒷골목은 이제 막 땅거미가 지기 시작한 무렵에 불과함에도 어둡고 침침했다.

다만 그 골목의 끝은 집집마다 내걸은 등불로 인해 매우 화려했다.

이른바 몸을 파는 여인네들의 안식처인 홍등가였다.

바얀 부이르는 매우 익숙한 거리를 지나는 사람처럼 주변을 살피지도 않고 홍등가를 가로질렀다.

갖은 음담패설과 애교를 부리며 소매를 잡고 늘어지는 창부들의 유혹을 뿌리치는 방법도 능숙했다.

"나중에…… 이 나이에 하루 두 탕은 무리잖니."

그리고 그가 찾아들어간 곳은 홍등가가 끝나고 새로운 골목이 시작되는 지점에 자리한 낡은 초막이었다.

여느 초막과 달리 범상치 않은 초막이었다.

그가 초막의 문 앞에 이르자, 눈만 내서 밖을 확인할 수 있는 작은 구멍이 열리며 드러난 눈동자의 주인이 난데없는 말을 건넸다.

"일각장단(一脚長短)!"

하나의 다리가 길거나 짧다는 뜻으로, 남을 살피거나 무슨 일을 논의할 때는 진실로 길고 짧음을 잘 구분해야 한다는 뜻의 고사성어다.

자신의 집을 찾아온 손님에게 뜬금없이 고사성어를 건넬 이유가 어디에 있을까?

바얀 부이르는 당연하다는 듯이 대답했다.

"일취지몽(一炊之夢)!"

이건 밥 지을 동안의 꿈이라는 뜻으로 세상의 부귀영화가 덧없음을 이르는 뜻을 가진 고사성어다.

그러자 안에서 다른 말이 나왔다.

"일이관지(一以貫之)!"

하나로써 그것을 꿰뚫었다는 뜻의 고사성어로, 처음부터 끝까지 변하지 않음 혹은 막힘없이 끝까지 밀고 나감을 일컫는 말이다.

바얀 부이르는 다시 새로운 고사성어로 화답했다.

"일전쌍조(一箭雙鵰)!"

화살 하나로 수리 두 마리를 떨어뜨린다는 뜻의 고사성어로, 한 가지 일로 두 가지 이득을 취함을 이르는 말이다.

이 대답과 함께 오두막의 쪽문이 스르르 열렸다.

그들은 흑화(암호)를 주고받았고, 결국 서로 간에 일치해서 문이 열린 것이다.

"오셨나?"

오두막 안으로 바얀 부이르가 묻자, 문을 열어 주고 다시 걸어 잠근 삼십 대의 흑의사내가 고개를 숙이며 대답했다.

"예, 오셨습니다."

바얀 부이르는 알았다는 의미로 고개를 끄덕이며 안채로 발길을 재촉했다.

그러면서 불쑥 말했다.

"아상 너는 아는 얼굴에다가 대고 매일 그렇게 흑화를 건네는 거 이제 지겹지도 않냐?"

그와 흑의사내, 아상은 이미 서로가 아는 처지였던 것이다.

흑의사내가 바보처럼 히죽 웃으며 뒷머리를 긁적였다.

"그게 또 모르는 일이잖아요. 또 다른 누가 바얀 부이르의 삶을 살려고 할지 말입니다. 그러면 저는 알아볼 수가 없으니까요."

바얀 부이르는 씩, 하고 웃으며 칭찬했다.

"그래, 아상. 실로 옳은 생각이다. 앞으로도 절대 잊지 말고 그래야 한다."

아상이 예의 바보 같은 웃음을 지으면서 서둘러 앞으로 나섰다.

"이쪽으로."

초막의 내부는 밖에서 볼 때와 사뭇 다르게 넓었다.

작은 앞마당을 마주한 초막은 그저 입구에 불과했고, 초막의 방에 들어서서 삼면의 벽에 나 있는 문들 중에서 정면의 문을 통과하자 또다시 작은 마당이 나왔고, 그 주변으로 대여섯 채의 초막이 둘러쳐져 있었다.

아상은 그 중에서 우측의 초막으로 바얀 부이르를 안내했다. 그 초막의 방으로 들어서자 다시 벽에 붙은 세 개의 문이 나왔고, 이번에는 그중에서 우측의 문으로 들어가자 비교적 넓은 대청이 나왔다.

실로 미로처럼 철저하게 감추어진 입구인 것인데, 그렇게 바얀 부이르가 들어선 대청에는 늙수그레한 노인 하나가 넓은 다탁에 혼자 앉아서 차를 마시고 있다가 활짝 웃는 낯으로 일어나서 그를 맞이했다.

황궁의 비밀스러운 전통에 따라 단목진양이라는 이름을 물려받은 신임 금의위 대영반이 바로 그였다.

"어서 오게나. 정말 오랜만이지?"

"그러게. 정말 오랜만이군. 아니, 아니지!"

바얀 부이르는 반갑게 마주 인사하다가 문득 멋쩍은 기색을 드러내며 다시 말했다.

"대영반의 자리에 올랐으니, 이제 나도 존대를 써야 하는 거 아닌가?"

단목진양이 웃었다.

"농담 말게. 부영반인 자네가 자리를 비우고 있는 통에 어부지리로 내게 넘어온 자리일세. 자네가 있었으면 자네가 됐지. 말만 하게. 자네라면 언제든지 이 자리를 넘겨줄 테니까."

바얀 부이르는 대번에 손사래를 쳤다.

"농담이라도 그런 소리 말게. 내가 태생이 역마살과 함께 태어나서 죽으면 죽었지 골방에 틀어박혀 있는 짓은 절대 하지 못한다는 거 잘 알지 않나."

단목진양이 같이 웃으며 말했다.

"자네는 정말 여전하군."

바얀 부이르가 짐짓 두 눈을 멀뚱거리며 짓궂게 물었다.

"설마 내가 조금이라도 변했으면 칼침이라도 놓으려고 누구 준비해둔 건 아니지?"

단목진양이 실소했다.

"내가 어찌 천하제일투 허완종을 잡겠다고 도수부를 깔아놓겠나. 나 그렇게 정신 나간 사람 아니니 걱정 붙들어 매게나."

"흐흐흐……!"

바얀 부이르가 자못 음흉맞게 웃으며 실로 감회에 젖은 눈빛을 드러냈다.

"정말 오랜만에 들어 보는군, 허완종이라는 그 이름. 이젠 정말 내 이름이 남의 이름으로 들리네그려."

그랬다.

몽고의 대현자 바얀 부이르의 실체는 바로 그간 장막에 가려져 있던 금의위 부영반이자, 강호무림에서는 천하제일투 묘수공공으로 알려진 허완종이었던 것이다.

금의위 부영반인 허완종은 어떻게 천하제일의 도둑인 묘수공공이 되고, 또 어떻게 몽고의 대현자인 바얀 부이르가 되었을까?

내막을 설명하자면 허완종이 산동성의 군정을 책임지는 도지휘사의 예하에 있다가 관례대로 지방관들을 순시하던 당시 금의위의 대영반 원소(元紹)의 눈에 들어서 위사로 발탁되었던 오랜 과거로 거슬러 올라가야 한다.

허완종은 금의위의 위사로 발탁된 그때부터 일 년 동안 실로 발군의 능력을 보였다.

당시 그가 참가하지 않은 작전이 없었으며, 해결하지 못한 문제 또한 하나도 없었다.

대영반 원소는 이를 황제께 보고했고, 황제는 그를 눈여겨보았다. 그리고 이내 그의 능력에 반해서 실로 파격적인 인사를 단행하며 그의 인생에 전환점이 되는 명령을 내렸다.

  너에게 부영반의 지위를 하사하니, 역심을 품은 자들의 증거를
찾아서 짐에게 가져오라.

건국한 이후부터 황권을 강화하기 위해 공신들을 비롯한 많은 신료들과 그 가족들까지 가차 없이 숙청하는 하는 등, 혹형과 엄벌주의를 선호하던 황제는 그를 보다 더 강화하려는 속셈이었다.

문제는 그 뒤에 따라붙은 명령이었다.

정론에 따라서 합법적으로 움직이라는 소리가 아니다. 너는 이제 부터 존재하되 존재하지 않는 짐의 그림자가 되는 거다. 물론 네게 그럴 자격이 있는지는 이 년 후에 심사하겠으니, 지금 즉시 황궁 서고에 들라.

허완종이 발군의 능력을 보이긴 했으나, 일개 위사가 불과했고, 그 능력은 위사들 중에서 뛰어날 뿐이었다.

황제는 그런 그에게 이 년의 시간을 주었으며, 황궁 서고에 들어갈 수 있는 특혜를 주었던 것이다.

그리고 허완종은 황제의 기대를 저버리지 않았다.

이 년 후 황궁 서고를 나선 그는 전혀 다른 사람으로 변해 있었다.

허완종은 그런 자신의 능력을 십분 발휘했다.

그는 황제의 뜻에 따라 고관대작들의 집을 돌며 정보를 빼냈고, 그걸 단순한 도둑의 소행으로 위장하기 위해서 귀중품을 훔쳤다. 그것이 바로 그가 가진 본연의 뜻과 무관한 천하제일 투 묘수공공의 탄생 비화였다.

강호상에 전설로 회자되는 무영천마 광소와의 경공술 내기는 그 와중에 우연찮게 벌어진 일이었는데, 그 바람에 그의 명성이 더욱 드높아지는 계기가 되었다.

그러나 메뚜기도 한철이라고, 그를 중용하고 신임한 황제의 신심은 그리 오래가지 않았다.

황제가 건국 이래 지속적으로 이행한 엄벌주의로 말미암아 황권이 강화되며 정국도 자리를 잡았고, 여기저기서 역심을 품은 역도들이 속출했을 정도로 어지럽던 민심도 차츰차츰 안정을 되찾았기 때문이다.

　황제는 지난날 파격적인 인사를 단행했을 때처럼 실로 가차 없이 그를 내쳤다.

　그것이 바로 지방관의 일게 군관에서 금의위의 위사가 되었고, 발군의 능력으로 황제의 눈에 들어서 금의위 부영반의 지위에까지 올랐으나, 결국 적국의 동태나 살피는 첩자로 나돌게 된 허완종의 이유였고, 역사였다.

　그 때문이었다.

　단목진양을 마주한 허완종는 실로 감회가 남달랐다.

　버려졌다는 생각이 드는 순간부터 그는 돌아가기 위해서 최선을 다했고, 지금의 위치에까지 이르렀다.

　옛 영화를 그리워한 것이 아니었다.

　그저 그 자신의 자리로 돌아가기 위한 발악이었다.

　그런데 어처구니없게도 그사이에 황조가 바뀌었다. 그리고 모든 노력이 수포로 돌아갔다고, 그야말로 완전히 버려졌다고 생각하며 절망하는 그 순간에 새로운 황제가 그에게 손을 내밀었다.

　정확히는 과거 그가 위사로 있을 때 가장 가깝게 지내던 동료였던 단목진양이 대영반의 신분이 되어서 그에게 연락을 취했다.

그게 지금 그가 단목진양과 마주하고 있는 이유였다.

허완종은 단목진양이, 더 나아가서 새로운 황제가 내미는 손을 잡지 않을 수 없었다.

아직은 어쩌면 또다시 버려질 수도 있다는 생각이 들어서 마주한 단목진양에게 과거 그때와 같은 호의는 가질 수 없었지만 말이다.

그러니 지금 단목진양을 대하는 그의 태도가 못내 까칠해지는 것은 어쩌면 당연한 일일지도 몰랐다.

"아무려나, 자네가 이렇게 직접 나를 찾아왔다는 것은 폐하께서 이제야 나를 믿는다는 뜻이겠지?"

"황군이 출정한 것을 보고도 그런 소리를 하나? 폐하께서는 아르게이가 총공세를 결정했다는 보고를 듣는 순간부터 이미 자네를 신임하신 걸세."

"그러리라고 생각은 하네. 하지만 나처럼 파란만장하게 살다 보면 다른 누구를 믿기가 그리 쉽지 않아서 말일세."

"이해하네. 그렇지만 자네처럼 사는 사람이 자네 혼자라고는 생각하지 말게나."

"그런가?"

허완종의 안색이 살짝 변해서 묻자, 단목진양이 쓰게 웃으며 곧바로 대답했다.

"슬픈 일이긴 하나, 그렇지 않다네. 자네처럼 보이지 않는 곳에서 사는 사람들이 의외로 많더군. 눈에 보이는 사람들보다 보이지 않는 그런 사람들이 새로운 역사를 창보하며 세상을 이끌어 간다는 것을 나도 이 나이가 되어서 알게 되었다네."

"나이가 아니라 자리가 아닐까? 자네가 앉은 금의위 대영반이라는 그 자리 말일세."

"그렇다고 말할 수도 있겠네."

단목진양이 순순히 인정했다.

"이 자리에 앉고 나서야 비로소 알게 된 사실이긴 하지. 지위가 사람을 만들었다고 해야 할까?"

허완종은 사뭇 멋쩍게 웃으며 말을 받았다.

"너무 쉽게 인정해 버리니 할 말이 없군. 자네의 그 말이 내 귀에는 황제가 나를 이용하기 위해서 자네를 그 자리에 앉혔다는 얘기로 들린다는 사실을 알고 있나?"

단목진양이 어깨를 으쓱하며 대수롭지 않다는 듯 대꾸했다.

"자네의 귀에 그렇게 들리는 게 아니라 자네가 그렇게 이해해도 어쩔 수 없네. 나 역시 그게 아닐까 의심하고 있으니까."

허완종은 한 방 맞은 표정이 되었다.

단목진양이 자못 미간을 찌푸리며 말을 더했다.

"뭘 그리 놀라나? 내가 이 자리에 앉을 정도의 능력을 가진 사람이 아니라는 것은 자네도 익히 잘 알고 있잖아?"

허완종은 실소했다.

"너무 솔직한 거 아닌가?"

단목진양이 대수롭지 않다는 투로 웃었다.

"그저 사실을 말하는 것뿐일세. 당금 황제 폐하께서 부영반의 지위조차 버거워하며 쩔쩔매는 나를 불러서 대뜸 대영반의 지위를 하사했을 때, 내 머리에 가장 먼저 떠오른 생각이 뭔지 아나?"

"뭔가?"

허완종이 새삼 실소하며 장단을 맞추듯 묻자, 단목진양이 허탈한 미소를 지으며 대답했다.

"두 가지 생각이 교차하더군. 첫째는 이제 금의위를 중용하지 않으려는 건가, 하는 의문이었네. 자네도 알다시피 당금 황상께서 새롭게 출범시킨 동창이 금위가 가지던 권한의 대부분을 이양 받는 와중이라 자연히 드는 생각이었지. 금의위를 동창의 예하로 두시려나보다 한 걸세."

"그럼 두 번째가 나의 존재였겠군그래."

"맞네. 자네의 존재가 바로 떠오르더군. 작금의 금의위에서 자네의 존재를 아는 사람은 고작 서넛이 다인데, 그중에서는 그래도 내가 가장 자네와 가깝다고 알려져 있단 말이지."

허완종은 어딘지 모르게 씁쓸해하는 단목진양의 모습을 잠시 바라보다가 물었다.

"그래서 어떤 결론이 났는가?"

단목진양이 피식 웃으며 대꾸했다.

"실로 무색하게도 둘 다였네. 금의위의 위세는 이미 동창에게 넘어갔네. 막말로 말해서 환관들에게 완전히 밀렸어. 겉으로야 몇몇 임무를 이양한 것으로 보이나 실제는 거의 모든 임무에서 배제되어서 작금의 금의위는 황제 폐하를 경호하는 것에 주력하고 있다네."

본디 금의위는 수도의 행정과 보안을 책임지는 역할만이 아니라 군사기밀을 다루고 적의 본진에서 정보들을 빼 오거나 분열시키는 업무 또한 맡았다.

지난날 허완종이 적진에 침투해서 여태껏 다른 사람의 모습으로 행세하고 있는 것도 당시 그에게 내려진 임무였던 것이다.

따지고 보면 황상의 눈 밖에 난 장수가 변방으로 내몰리는 것처럼 불필요해진 그를 내치기 위한 수단이었지만 말이다.

"물론 그 임무를 무시하는 건 절대 아니네."

단목진양은 자신의 말을 부정하듯 단호하게 고개를 저으며 다시금 부연했다.

"황상을 경호하는 일을 어찌 무시할 수 있겠나. 실로 막중한 임무이지. 그래서 두 번째 생각이 떠올랐네. 후후……!"

말을 하다가 문득 웃은 그는 자신을 가리켰다.

"나를 보게나. 나는 예나 지금이나 별반 달라지지 않았네. 그저 무던히 버틸 뿐, 능력도 없고 퇴물이 다 되어 버린 존재지. 그런 나를, 객관적으로 살펴도 나보다 더 뛰어나거나 더 뛰어날 가능성이 다분한 인재들이 주변에 있음에도 황상께서는 굳이 나를 금의위 수반이라는 막중한 자리에 앉혔네. 왜 그러셨을까?"

허완종이 대답하려 하자, 그는 슬쩍 손을 들어서 막으며 자신의 질문에 스스로 답했다.

"바로 자네라는 존재가 있기 때문이네. 그게 내 결론일세."

허완종은 피식 웃으며 고개를 저었다.

"과공비례(過恭非禮)라고 했네. 그 나이를 먹도록 여태 태나지 않고 금의위에서 버틴 것만으로도 자네의 능력을 인정하지 않을 수 없을 걸세. 내가 아는 금의위는 능력 없는 자가 버틸 수 있는 곳이 아니니까. 하물며 자네는 금의위에서 전 황제가 중용하지 않은 거의 유일한 인물이 아닌가. 시대가 바뀌었네. 새 술은 새 부대에 담으랬다고, 당금 황상의 입장에선 자네만큼 적당한 인물이 없었을 것이라고 보네."

"내가 그리 대단한 사람인 줄 몰랐군. 어째 밖으로만 돌아서 그런지 자네 입이 예전에 내가 알던 것과 달리 매우 달군그래. 하하……!"

단목진양이 실로 뜻밖이라는 듯 넉살을 부리고는 이내 다시 진지한 모습으로 돌아가서 고개를 저었다.

"자네 말은 고마우나 그게 아닐세. 당금 황상은 실로 솔직한 분이네. 그 자리에서 바로 내게 말하더군. 어쩌면 억하심정으로 꽁꽁 얼어붙었을지 모르는 자네의 마음을 녹이고 당신에게 이어 줄 사람은 나밖에 없다고 말일세."

허완종은 무색해진 표정으로 잠시 뜸을 들이다가 뇌까렸다.

"나라면 슬펐을 것 같군."

"나는 기뻤네."

진심으로 들리는 목소리요, 눈빛이었다.

허완종은 정말 의외라는 눈빛으로 단목진양을 바라보았다.

그가 묻기도 전에 단목진양이 먼저 그의 속내를 읽으며 말했다.

"그건 그만큼이라도 내가 황상에게 필요한 존재라는 뜻이 아니겠나. 어떤 식으로든 다른 누구에게 필요한 사람이 되는 것은 정말 쉬운 일이 아니네. 하물며 황상에게 필요한 사람인 게야. 평생을 금의위에 몸담고 살던 내게 있어 그건 정말 기쁜 일이었네. 그래서 자네에게도 정말 고마워했네. 자네의 존재로 인해 내가 황상에게 필요한 거니까."

허완종은 입을 열려다가 닫고 다시 말을 하려다가 그만두고는 이내 그저 긴 한숨을 내쉬었다.

단목진양이 그 모습을 바라보며 희미하게 웃다가 다시 말했다.

"내가 금의위의 수장인 대영반이라는 지위와 무관하게 깨달은 것이 하나 있네. 세상을 살면서 딱히 세상을 이끌어가는 주연일 필요는 없다는 것이 바로 그것일세. 자네는 몰라도 나는 세상의 주연을 욕심내지 않네. 그저 필요한 사람으로 족하네. 그것으로 나는 충분히 만족하네."

허완종은 보란 듯이 이맛살을 찌푸렸다.

그러면서 입으로는 미소를 지으며 말했다.

"자네는 정말 내게 할 말이 없게 만드는군."

단목진양이 호탕한 웃음을 터트렸다.

"하하하……! 바로 이게 내 역할인 게야. 그래서 다른 누군가에게 필요한 사람이고 말일세. 하하하……!"

허완종은 이제야말로 그 옛날 그 시절에 단목진양과 어울릴 때처럼 격의 없는 웃으며 솔직한 속내를 드러냈다.

"나도 자네와 같네."

사실이었다.

그 역시 여태껏 단 한 번도 세상을 이끌어 가는 주연이고 싶다는 생각을 해 본 적이 없었다.

그저 다른 사람들에게 인정받고 싶었을 뿐이었다.

자신이 제법 쓸 만한 사람이라는 것을 말이다.

"이제 보니 나도 완전히 자네와 같은 종자였어. 하하하……!"

허완종은 단목진양을 따라서 그게 웃었다.

그가 버림받았다고 생각한 이후 잃어 버렸던 웃음을 되찾는 순간이었다.

이윽고, 웃음을 그친 그는 신중한 태도로 돌아가서 말문을 열었다.

"한 가지 부탁이 있네."

단목진양이 되물었다.

"무슨 부탁인가?"

허완종은 자신의 얼굴을 가리키며 말했다.

"자의든 타의든 간에 이 얼굴로 살아온 지가 언 수십 성상일세. 해서, 이 얼굴에 대한 책임을 지고 싶네."

바얀 부이르의 얼굴을 두고 하는 말이었다.

단목진양이 의아한 표정을 지으며 재촉했다.

"뜸들이지 말고 어서 말해 보게. 자네의 말이라면 하늘의 별이라도 따다 주라는 것이 황상의 지엄한 명일세."

허완종은 피식 웃고는 말했다.

"바얀 부이르의 일족이 마교총단의 이공자인 악초군에게 인질로 잡혀 있네. 그 이유로 내가 그자를 돕는 척을 하고 있는데, 그자의 성격상 언제고 기분만 내키면 그들을 해할 거네. 나는 이 얼굴을 물려준 바얀 부이르를 위해서라도 그들을 그대로 죽게 할 수는 없네. 도와주게!"

"우선 그들의 위치부터 찾아야겠군그래."

단목진양은 대번에 심각해진 표정으로 중얼거리고는 이내 굳은 결의가 담긴 미소를 내비치며 재우쳐 말했다.

"솔직히 말해서 내 능력으로는 힘든 일일세! 하지만 안심하게! 다행히 도와줄 수 있는 사람을 알고 있으니까! 그분이라면 틀림없이 해결해 줄 걸세!"

"혹시 어르신을 두고……?"

"아니, 다른 분일세. 사실 어르신도 지금 그분의 도움을 받고 있지."

허완종이 도무지 이해를 못하겠다는 표정으로 눈을 끔뻑거렸다.

그가 말하는 어르신은 바로 당금 황상을 뜻했다.

그런데 당금 황상조차 도움을 받고 있는 사람이라니 도통 감조차 오지 않는 것이다.

단목진양이 그런 그의 속내를 읽은 듯 빙그레 웃으며 다시 말했다.

"조금만 더 그렇게 궁금해하고 있게나. 이래저래 함부로 언급할 분이 아니라서 지금 내가 말해 줄 수는 없지만, 조만간 자네도 그분을 만날 일이 있을 걸세."

허완종은 의문이 더 진해진 표정이었으나, 단목진양은 애써 웃는 낯으로 무마하며 말문을 돌렸다.

"그보다 광소, 그 친구는 어떻게 지내고 있나? 그 친구도 여전한가?"

허완종이 그제야 의문을 접은 표정으로 대답했다.

"당연히 여전하지. 한 번의 실수로 끌려왔지만 아직도 여전히 나를 돕고 있다네."

"다행이군. 정말 다행이야. 그나마 그 친구 덕에 자네가 그 오랜 시간동안 조금은 덜 외로웠을 테니 말일세."

단목진양이 실로 한결 밝아진 얼굴로 가슴을 쓸어내렸다.

약간은 목이 메어 버린 모습이었다.

허완종은 너무도 뜨겁게 느껴지는 진심에 절로 뜨거워진 눈빛으로 단목진양을 바라보았다.

단목진양은 그저 웃으며 그의 눈빛에 담긴 감정을 소화했다.

이제는 그들, 두 사람 다 가슴이 메어 누구도 먼저 말을 하려고 들지 않고 있었다.

그래서 본격적으로 작금의 난세를 넘어서기 위한 그들의 대화가 시작된 것은 그로부터 한참이 지난 다음이었다.

몽고의 발호 이십칠 일째 날 새벽

"그자도 자세한 내막은 모르고 있었습니다. 아르게이가 칠공자와의 관계만큼은 그자에게조차 제대로 털어놓지 않는다고 하더군요."

아르게이의 진영과 오백여 리가량 떨어진 지역에 자리한 야산의 외딴 산장이었다.

악초군은 뜨거운 물이 그득하게 담긴 욕탕에 몸을 담근 채 누워서 지그시 눈을 감고 있었다.

일악은 보고를 끝냈음에도 악초군이 눈을 뜨기는커녕 아무런 대답조차 없자, 그대로 조용히 뒤로 물러났다.

휴식을 방해받고 싶지 않다는 뜻으로 이해한 것이다.

그때 악초군이 불쑥 물었다.

"얼마나 믿을 수 있을까, 그자?"

일악은 대답하지 않고 머뭇거렸다.

누구에게 건네는 질문인지 몰라서였다.

지금 악초군의 곁에는 홍인마수 혁련보를 비롯해서 마교총단을 이끌어 가는 십여 명의 요인들이 자리하고 있는 것이다.

"몰라?"

악초군이 대답을 재촉했다.

일악은 정신이 번쩍 들어서 입을 열었다.

악초군이 공식적인 자리에서 혁련보를 비롯한 마교총단의 요인들에게 하대를 하는 경우는 없었다.

"우리가 인질을 잡고 있는 한 믿을 수 있는 자입니다."

"그러니까, 얼마나?"

"구 할은 넘는다고 생각합니다."

악초군이 감고 있던 눈을 뜨며 피식 웃었다.

"완전히 믿지는 못한다는 소리네?"

일악은 인정했다.

"사람을 완전히 믿을 수는 없는 일이지 않습니까."

"그렇긴 하지."

악초군의 시선이 혁련보에게 돌려졌다.

"혁 단주는 어떻게 생각해요?"

혁련보가 기다렸다는 듯 바로 대답했다.

"본인도 일악의 생각과 같소. 구 할은 믿고, 일 할은 유보

천외천의
주인

요. 본인 역시 사람을 십 할 신임할 수는 없어서 말이오."

악초군이 피식 웃으며 혼잣말로 뇌까렸다.

"나는 아닌데."

혁련보의 표정이 머쓱해졌다.

"완전히 믿는다는 소리요? 아니면 그 반대?"

악초군이 어깨를 으쓱했다.

"반대에 가깝죠. 반반이니까."

혁련보가 물었다.

"어째서 그렇소?"

악초군이 웃는 낯으로 대답했다.

"식구들을 위해서라고는 하지만 평생을 충성한 주인을 배신한 사람이니까요. 그 어려운 일을 해낸 사람인데, 또 다른 어려운 일도 얼마든지 해낼 수 있지 않을까요?"

혁련보가 부정도 수긍도 못한 채 애매한 표정을 지었다.

그 모습을 보고 악초군이 빙그레 웃었다.

"그렇게 따지면 세상에 믿을 사람 하나도 없다는 표정이네요?"

혁련보가 멋쩍게 따라 웃었다.

"아무래도 그렇구려. 인질도 인질이지만, 여태 그자가 보내온 정보가 틀린 적이 한 번도 없어서 말이오."

악초군이 수긍하는 것처럼 고개를 끄덕이며 대꾸했다.

"그렇긴 하죠. 그래서 반반이라는 겁니다. 반이라도 믿긴 믿는 거잖아요. 안 그래요?"

괴변이었다.

그러나 혁련보는 그걸 따지고 싶은 생각이 없었다.

그가 아는 악초군은 원래 그런 사람이기 때문이다.

"듣고 보니 그런 것 같기는 한데, 요는 이공자가 믿느냐 안 믿느냐가 아니겠소."

혁련보는 신중해져서 재우쳐 물었다.

"어떻소? 칠공자에 대한 그의 말을 믿소?"

악초군은 웃는 낯으로 답변을 회피하다가 은근슬쩍 딴소리를 흘렸다.

"그게 뭐가 중요하겠어요. 칠제가 내게 도움을 청했다는 게 중요하지."

"……!"

대수롭지 않게 듣고 있던 혁련보가 대번에 안색이 변해서 물었다.

"조부와 라난 솔룽가 장로가 나선 것이 아르게이가 아니라 칠공자의 요청이었다고 생각하는 거요?"

악초군은 그게 무슨 황당한 반응이냐는 듯이 혁련보를 바라보았다.

"왜 그래요? 모르고 있던 사람처럼……?"

혁련보가 펄쩍 뛰었다.

"정말 모르고 있었소! 아니, 처음에는 그럴 수도 있지 않을까 의심은 했소만, 이공자가 선뜻 나서는 것을 보고 그게 아니구나 했소! 이공자가 칠공자의 뜻을 따라 줄 리가 없지 않소!"

악초군은 보란 듯이 키득거리며 웃었다.

"킥킥, 혁련 단주님도 아직까지 나를 잘 모르시네. 킥킥……!"

혁련보는 한 방 맞은 듯한 표정이었다.

악초군이 그에 아랑곳하지 않고 일어나서 알몸을 드러내고 욕탕을 벗어났다.

문가에 대기하고 있던 두 명의 시비가 재빨리 수건과 의복을 가져와서 그에게 내밀었다.

수건을 받아서 천천히 몸을 닦아 낸 그는 느긋하게 의복을 걸치며 혁련보를 향해 말했다.

"나는 필요하다면 팔이나 다리도 얼마든지 잘라 낼 수 있는 사람이에요. 물론 내 팔과 내 다리요. 그런 내가 고작 자존심 때문에 칠제가 내미는 손을 뿌리칠 거라고 생각했다니, 내가 더 놀랍네요."

혁련보는 너무도 당연한 의문을 내비쳤다.

"칠공자에게 그럴 이유가 어디에 있다는 것이오?"

악초군이 미심쩍은 눈빛으로 혁련보를 바라보며 반문했다.

"정말 몰라서 묻는 거 맞죠?"

혁련보는 수치로 얼굴이 붉어졌다.

그렇다고 인정하지 않을 수도 없는 게 또한 그의 입장이었다.

'이왕지사 할 바에야……!'

납작 엎드리는 게 좋을 것이다.

그는 바로 인정하며 더 없이 정중하게 공수했다.

"모르오. 어리석은 본인을 일깨워 주시오."

악초군이 거만한 눈빛으로 그런 그를 바라보다가 이내 뜻모를 미소를 지으며 대답했다.

"칠제의 진정한 기반은 유명전이 아니에요. 그의 뿌리인 거란이지요. 그래서 칠제는 몽고 애들이 무너지는 것을 그대로 두고 볼 수가 없는 겁니다."

혁련보는 여전히 이해하지 못했다.

그런 거라면 그도 이미 익히 잘 알고 있는 사실이었다.

"작금의 몽고를 통일한 것은 푸른 이리 칭기즈 칸의 혈통임을 자랑하는 타타르족의 후예 아르게이요. 거란족은 그 아래서 시중이나 드는 여진족보다도 열세인 부족인데, 어찌 그런……?"

"이상하네요?"

악초군이 대뜸 혁련보의 말을 끊으며 의문을 드러냈다.

"전에 칠제가 제법 뛰어나고, 그래서 적이 위험한 인물이니 신중을 기하라고 내게 말했잖아? 그런데 왜 칠제의 뿌리이며 여전히 막강한 영향력을 행사하는 거란족이 아르게이 밑에서 숨죽이고 있는 것을 아무런 의심도 하지 않고 받아들이는 거죠? 그게 너무 모순 아닌가요?"

"……!"

혁련보는 말문이 턱 막힌 표정으로 굳어졌다.

악초군이 그런 혁련보를 주시하며 거듭 한 수 가르쳐 준다는 식으로 거만하게 말했다.

"그 옛날 천하의 간웅이자 효웅이라 불리는 조조(曹操)와 타고난 강동의 패주인 손권(孫權) 사이에서 어깨를 나란히 하며 천하를 삼분한 것은 다른 누구도 아닌 유주(幽州)의 시골 탁현(涿縣) 구석에서 짚신과 멍석이나 팔아 연명하던 촌부 유비(劉備)였지요."

말을 하면서 의복을 다 걸친 그는 느긋하게 혁련보가 앉아 있는 탁자의 맞은편에 자리를 잡고 앉으며 대놓고 훈계를 더했다.

"그간 몰랐다면 아니, 무심코 간과하고 있었다면 이참에 잘 듣고 기억해 두세요. 거란족은 아르게이 밑에서 일인자는 아닐지 몰라도 삼인자는 되는 무리입니다. 하물며 그 뒤에는 단주가 그리도 위협적인 인물이라고 한 칠제가 버티고 있고요. 제발 매사에 의심 좀 하고 사세요. 세상은 그리 호락호락하지 않습니다."

혁련보가 애써 굳어진 표정을 풀며 고개를 끄덕였다.

"과연 그렇구료. 이공자의 말을 듣고 보니 그간 본인이 너무 안일하게 그들을 봤던 것 같소이다그려."

"이제라도 알았으면 됐죠, 뭐."

악초군이 대수롭지 않게 대꾸하다가 문득 깜빡 잊을 뻔했다는 식으로 이마를 치며 일악을 향해 말했다.

"너는 어서 지금 당장 잡아 놓은 하카스족 무리로 가서 그자의 식구들 중 쓸 만한 애 하나의 손가락 하나만 잘라 와라. 아니, 하나는 너무 외로운가?"

그는 바로 말을 바꾸었다.

"그래, 두 개로 하자. 그리고 내게 가져올 것 없이 바로 그자에게 가져다 줘라. 요즘 너무 성의가 없는 것 같다고, 내가 그러더라고 전해."

"옙!"

일악이 두말없이 대답하고는 자리를 떠났다.

혁련보는 어리둥절해하며 물었다.

"착실하게 정보를 제공하고 있는 자에게 무슨 이유로 갑자기 그런 경고를……?"

악초군이 히죽 웃으며 대답했다.

"무슨 이유가 따로 있나요. 그냥 기분 내키면 하는 거죠. 그런 애들은 가끔 이렇게 다독여 줄 필요가 있어요. 그래야 감히 딴생각을 품지 않거든요."

혁련보는 내심 이렇게 지독하게 굴어서야 딴생각을 품지 않고 있다가도 딴생각을 하겠다는 생각이 들었으나, 감히 그걸 내색할 용기는 나지 않았다.

천외천의
주인

지금 그는 이래저래 악초군이 보여 주는 행동에 완전히 압도되어 있었던 것이다.

그러나 아무리 그래도 그냥 이대로 가만히 있을 수만도 없었다. 다른 무엇보다도 이번 나선 이유는 알아야 했다.

그는 조심스럽게 물었다.

"한데, 이번 일이 칠공자의 계획임을 알면서 흔쾌히 수락하고 나선 이유가 대체 무엇이오?"

악초군이 히죽 웃으며 대답했다.

"다른 건 몰라도 몽고 애들이 무너지는 것은 나도 원치 않거든요. 혁련 단주도 한 번 생각해 봐요. 내가 천하를 가졌을 때, 황제의 용상에 앉아서 정치까지 한다면 어떨 것 같아요?"

생각만 해도 끔찍한 일이었다.

하루에도 몇 번씩 수많은 사람들의 목이 떨어져 나가는 형장에서 낄낄거리며 술판을 벌이는 악초군의 미치광이 짓이 절로 그려졌다.

혁련보는 자신도 모르게 몸서리를 치려다가 애써 참아 내며 어색한 미소를 흘렸다.

"글쎄요. 본인의 눈에는 제법 그럴 듯하게 보이오만?"

"킥킥……!"

악초군이 키득거리며 혁련보를 손가락질했다.

"하여간 속에 없는 말도 잘하셔. 킥킥……!"

혁련보가 도둑이 제 발 저린다는 식으로 못내 흠칫하는데,

악초군이 손사레를 치며 다시 말했다.

"아무려나, 놀고먹기도 바쁜 내가 그런 골치 아픈 일을 왜 사서 하겠습니까. 그래서 그래요. 중원은 가져야겠는데, 그런 건 하기 싫으니 적당히 타협해서 도와주는 겁니다. 중원의 황제는 제법 만만치 않아서 아르게이 정도 되는 인물이 나서 줘야 제격이거든요."

"과연 그렇군요. 이공자의 신심과 혜안이 실로 놀랍고 감탄스럽습니다그려."

혁련보는 진짜로 놀랐다.

적잖게 당황스럽기도 했다.

지금 악초군의 말은 실로 여러 가지 의미를 내포하고 있었다.

악초군은 칠공자 야율적봉의 후원하는 거란족이 끝내 아르게이를 쓰러트리고 몽고의 주인이 되려는 것을 막으려는 것이고, 더 나아가서 자신이 직접 나서기에는 적잖게 껄끄러운 존재로 낙인한 중원의 황제를 제거하는 데 아르게이의 몽고를 이용하려는 것이다.

'조만간 아르게이의 환심을 사기 위해서 그간 이용하던 바얀 부이르를 재물로 내놓겠군. 그 이후에 거란족을 통해서 몽고의 주도권을 가지려는 칠공자의 계획을 무산시키면 아르게이는 이공자가 원하는 건 간이고 쓸개고 다 내주려 하겠지.'

혁련보는 생각이 그에 이르자 실로 악초군이 새롭게 보였다.

이건 실로 아무 생각 없이 제멋대로 파행을 즐기는 미치광이가 생각하고 행할 수 있는 일이 아닌 것이다.

'아무튼, 사실이 그렇다면 오늘 저녁에 있을 칠공자와의 회합은 안심해도 되겠군. 아니, 안심해도 되는 건가? 혹시 그 자리에서 뒤엎는 거 아냐?'

혁련보는 실로 생각이 많아져서 골치가 다 지끈거렸다.

악초군이 뜻 모를 미소를 지으며 밑도 끝도 없이 도무지 앞뒤 맥락이 맞지 않는 말을 더해서 그를 더욱 혼란스럽게 만들었다.

"그러니까 지금 당장 여진족의 족장과 자리를 마련하세요. 여러모로 그의 지원이 필요할 것 같네요."

홍인마수 혁련보는 정말 혼란스러웠다.

난데없이 대체 이게 뭔가?

아닌 밤중의 홍두깨도 유분수지, 앞뒤 맥락도 없이 그러니까는 대체 뭐가 그러니까라는 것인가?

오늘 오후에는, 정확히 말하면 땅거미가 진 이후인 술시(戌時 : 오후 7~9시)에는 대칸 아르게이를 비롯해서 몽고의 모든 족장들이 참가하는 만찬이 예정되어 있었다.

말이 만찬이지 이공자 악초군과 칠공자 야율적봉의 화합을 도모하려는 아르게이의 배려였고, 성의였다.

그런데 이 시점에 대체 왜 여진족의 족장을 만나겠다는 것일까?

혁련보는 도통 감조차 오지 않는 악초군의 심중에 실로 머리가 다 어지러웠다.

물론 악초군이 예상하지 못한 심계를 가지고 있었다는 사실을 알게 된 것은 실로 다행스러운 일이었다.

천방지축 제멋대로 설치는 미치광이로만 알고 있었는데, 이제 보니 그에게조차 속내를 감춘 살쾡이였다.

그간의 미치광이 행동이 고도의 기만술이었다는 결론이었다.

그래서 더욱 골치가 아픈 것이다.

그의 손바닥에서만 노는 허수아비인 줄 알았던 악초군이 고도의 심계를 감추고 있었다.

전세가 완전히 역전되어 버렸다.

허수아비는 악초군이 아니라 그였다.

그간 악초군이 그의 손바닥에서 논 것이 아니라 그가 악초군의 손바닥에서 논 것이다.

다만 혁련보는 그 사실에 놀라고 당황했을지언정 실망하거나 낙담하지는 않았다.

조금 억울한 감이 없지 않아 있었고, 못내 분하기도 했지만, 그게 다였다.

악초군이 강해지면 그도 강해진다.

악초군이 굳건한 일인자가 되면 그는 굳건한 이인자가 되는

천외천의
주인

것이다.

그래서 이제 남은 문제는 만나자는 악초군의 청을 과연 여진족의 족장인 풀라흔도르곤이 수락할까였다.

아르게이의 신임을 받으며 몽고의 이인자로 굳건하게 자리매김한 풀라흔도르곤이 이 시점에 굳이 악초군을 따로 만날 이유가 어디에 있을까?

'구설수에 올라 있지만 흔들릴 수도 있는 일이다. 그에 상응하는 대가를 약속해 줘도 망설일 일인데, 그저 막무가내로 한번 보자고 하라니, 나 원 참……!'

그와 같은 생각으로 풀라흔도루곤을 찾아가는 혁련보의 발걸음은 한없이 무겁기만 했다.

이건 또 뭔가?

그러나 혁련보의 생각은 한낱 기우에 불과했다.

그가 악초군의 말을 전하자, 풀라흔도르곤은 두말없이 고개를 끄덕이며 물었다.

"그럽시다, 그럼. 어디서 자는 거요?"

이건 또 뭔가?

혁련보는 너무 당황한 나머지 선뜻 대답하지 못하고 머뭇거렸다.

풀라흔도르곤이 묘하다는 눈치로 바라보았다.

"왜 그러시오?"

혁련보는 서둘러 마음을 다잡으며 대답했다.

"호아호특의 북문으로 나서서 일마장 정도 가면 올란차브(붉은 벼랑)가에 버르후레(갈색정원)라는 객잔이 하나 있소. 이공자는 지금 거기서 기다리고 계시오."

풀라흔도르곤은 묵묵히 고개를 끄덕였다. 그리고 또 한 번의 파격을 그에게 선사했다.

곧바로 자리를 털고 일어난 것이다.

"그럼 어서 갑시다."

혁련보는 이제야 다른 의심이 들었다.

'혹시 이공자는 아르게이가 아니라 이자를 지지하는 게 아닐까? 두 사람은 벌써 어떤 모종의 결속을 맺고 있는 건가?'

그게 아니라면 이자, 풀라흔도르곤도 악초군 못지않게 감당하기 어려운 인물일 것이다.

의심이 산처럼 쌓여만 갔지만, 망설이거나 머뭇거릴 여유는 그에게 없었다.

재빨리 마음을 다잡은 그는 서둘러 웃는 낯으로 보이며 길을 열었다.

"가시지요."

풀라흔도르곤은 기꺼운 표정으로 길을 나섰다.

그의 수족이기 이전에 여진족 최고의 용사들로 구성되었다는 풀라흔도르곤의 직속부대인 칼지트(그림자)단 소속의 두 용사인 거구의 에벤키와 오로촌이 뒤에 붙고, 다시 그 뒤를 친위대장인 사르야마가 따르고 있었다.

실로 기세등등한 그들의 모습에 압도되어서 잠시 우두커니 서 있던 혁련보는 본의 아니게 다시 또 마음이 흔들렸다.

'아닌가? 내 생각이 틀린 건가?'

지금 풀라흔도르곤은 아무렇지도 않게 수하들을 대동한 채 거처를 나서고 있었다.

이런 행차라면 당장에 아르게이의 귀에 들어갈 텐데, 전혀 거리낌이 없는 행동이었다.

풀라흔도르곤에게 무언가 다른 속내가 있다면 이럴 수는 없었다.

"뭐 하시오, 어서 오지 않고?"

저만치 앞서나가던 풀라흔도르곤이 고개를 돌려서 그를 바라보며 어리둥절해하고 있었다.

"아, 예……!"

혁련보는 그제야 자신의 실태를 깨달으며 서둘러 나섰다.

바삐 서두르는 행동과 달리 평소 치차처럼 더 없이 정교하게 움직이던 그의 사고는 이제 완전히 굳어진 상태였다.

그 때문일 것이다.

그는 작금의 행차가 아르게이의 귀에 들어갈 것만 생각했지, 거란족을 후원하고 있는, 이른바 이공자의 실질적인 적수인 칠공자의 귀에도 들어갈 것이라는 생각을 미처 하지 못했다.

게다가 평소 나비의 더듬이처럼 영활하던 그의 감각도 제

기능을 상실해 버려서 풀라흔도르곤의 거처인 파오를 나서는 그들을 예리하게 주시하는 눈동자가 있음도 전혀 간파하지 못했다.

아니, 사실을 말하자면 간파했어도 별수 없었을 것이다.

워낙 많은 사람들이 그들의 행차를 지켜보고 있었으니까.

"하하하……! 과연 풀라흔도르곤다운 행동이군! 이사형에게 제대로 한 방 먹였어! 그래서야 무슨 다른 꿍꿍이를 전하려고 해도 전할 수가 없을 테니까 말이야! 하하하……!"

마교총단의 칠공자, 벽안옥룡 야율적봉은 수하의 보고를 받기 무섭게 배를 움켜잡으며 박장대소했다.

그러면서 기침처럼 말은 실로 제대로 핵심을 찌르고 있었다.

그의 곁에 앉아 있던 마교총단의 삼공자, 독수마룡 아소부가 고개를 끄덕이며 수긍했다.

"풀라흔도르곤이 아르게만큼이나 호락호락한 인물이 아니라던 칠제의 말이 옳았군. 과연 쉽게 볼 인물이 아닌 걸?"

웃음을 그친 야율적봉이 말을 받았다.

"그는 아르게이에게 항복하고 복종하는 것이 아니라 중원정복을 위해서 자발적으로 지원하겠다고 나선 사람이에요. 모르

천외천의
주인

긴 해도, 그가 그렇게 나서지 않고 항쟁을 했다면 아르게이가 달성한 몽고 통일의 대업은 적어도 십 년 이상은 뒤로 밀려났을 겁니다. 결코 쉬운 인물이 아니죠."

그의 말에 적잖이 섭섭하다는 투로 나서는 사람이 있었다.

"대칸 아르게이에게 항복하지 않은 건 그자만이 아니죠. 우리 칸께서도 야율 공자님의 요청이 아니었다면 중도에 항쟁을 포기하는 일은 절대 없었을 테니까요."

거대한 팔선탁에 야율적봉과 동석하고 있는 나머지 네 사람 중 하나인 거란족의 족장, 하르브르깃의 뒤에 시립해 있는 사십대의 거란족 사내였다.

거란족은 몽고족과 같은 풍습을 가져서 남자들은 정수리 부분을 삭발하고 주변의 머리는 남겨서 뒤로 땋는 독특한 머리 모양을 하고 있어서 바로 알아볼 수 있었다.

좌중의 모든 시선이 그 사내에게 돌려지는 와중에 하르브르깃이 안색을 붉히며 나서서 사납게 그 사내를 꾸중했다.

"누가 너더러 이 자리에서 말을 하라고 허락하더냐? 하물며 네놈이 언제부터 내 속마음을 그리도 속속들이 꿰뚫고 있었다는 게냐? 나 몰래 어디서 텡거리(하늘)의 계시라도 받고 주술사라도 되었다는 거냐?"

사내가 크게 당황해서 어쩔 줄 몰라 하며 말을 더듬었다.

"혀, 형님, 그게 아니라……!"

"그 입 다물어라!"

하르브르깃이 호통을 쳤다.

"여기가 어디라고 감히 그 따위 망발을 지껄이는 게야! 네가 정녕 죽고 싶어서 환장을 한 게냐!"

"주, 죽을죄를……! 용서해 주십시요, 칸!"

사내가 즉시 무릎을 꿇고 바닥에 머리를 처박으며 용서를 빌었다.

그 모습을 노려보는 하르브르깃의 눈빛에 실로 한심하다는 빛이 흘렀다.

상대가 다른 사람이었다면 당장에 목을 베었을 그였지만, 그럴 수도 없어서 더욱 그런 것 같았다.

방금 전에 사내가 무심결에 밝힌 것처럼 사내는 하르고르고르라는 이름을 가진 그의 친동생인 것이다.

하르는 '검은 색'을 뜻하고 고르고르는 '꿩'을 뜻하는데, 지금 바닥에 머리를 처박고 있는 모습이 마치 사냥꾼에게 쫓기던 꿩이 낙엽 더미에 머리를 처박고 있는 것처럼 보여서 더욱 울화가 치미는 하르브르깃이었다.

그때 야율적봉이 슬쩍 중재에 나섰다.

"됐습니다. 그만두세요. 뭐 아주 틀린 말도 아닌데 뭘 그렇게까지 화를 내고 그러세요."

하르브르깃은 애써 미소를 지으며 대답했다.

"이놈이 몰라도 너무 몰라서 그렇지요. 야율가의 지원이 없었다면 우리 부족이 어떻게 거란의 정점에 설 수 있었겠습니까. 머리를 어디다 내다 팔았는지 아무것도 모른 채 짖고 까부는 이놈을 보니 너무나도 한심해서……!"

"그럼 그냥 죽이시든지."

정겹게 웃는 얼굴로 갑작스럽게 뱉어 낸 야율적봉의 말에 하르브르깃은 순간적으로 넋이 나간 표정이 되어 버렸다.

"예?"

야율적봉이 대수롭지 않다는 투로 재우쳐 말했다.

"저 사람 저거 칸의 친동생이고 거란의 용사가 되기 위한 팔대고해(八大苦海)를 다 통과한 것은 맞지만, 정말 삼류의 인물이라는 얘기를 들었지요. 실력도 형편없는데다가 성미마저 고약해서 가문을 욕되게 하는 것은 물론, 형인 칸의 얼굴에 똥칠만 하는 자라고 말입니다. 그러니 내친김에 제 손으로 해결해 드릴까 하고 묻는 겁니다. 해결해 줘요?"

하르브르깃은 등골이 서늘해지며 정신이 번쩍 들었다.

야율적봉의 성격을 다른 누구보다도 잘 알고 있는 그였다.

야율적봉은 누가 뭐래도 한다면 하는 사람이었다.

"아, 아닙니다! 야율 공자께 그런 수고를 끼칠 수는 없지요! 제가 알아서 잘 가르치도록 하겠습니다! 명색이 형이 되어서 동생 하나 제대로 가르치지 못했다는 소리를 들어서야 어디 쓰겠습니까!"

야율적봉이 어깨를 으쓱하며 물러나 앉았다.

"뭐 그럼 그러시든지……."

하르브르깃은 이때를 놓칠 새라 사뭇 준엄한 표정으로 동생인 하르고르고르를 노려보며 매섭게 일갈했다.

"어서 당장 물러가 있거라!"

하르고르고르는 그제야 재빨리 일어나서 저만치 뒤쪽에 있는 벽으로 물러났다.

하르브리깃은 절로 이맛살을 찌푸렸다.

이 자리를 떠나라고 외친 것인데 눈치도 없는 하르고르고르가 그저 뒤로 물러나 버린 것이다.

그가 한마디 더하려는 그때, 아소부가 말했다.

"하던 얘기나 계속하지. 브리깃 칸의 생각은 어떻소? 도르곤 칸이 애초에 악 사형과는 무언가를 함께할 생각이 없다고 보시오? 아무래도 부족을 이끄는 같은 칸의 입장에서 보면 뭔가 우리와는 다른 것이 보일 수도 있지 않나 해서 묻는 거요?"

사실은 분위기를 바꾸려는 노력으로 보였다.

그래서 하르브리깃은 차마 더한 말로 하르고르고르를 내치지 못하고 대답에 나섰다.

"보란 듯이 공식적으로 움직이는 것을 보면 아무래도 그럴 가능성이 높을 것 같소. 자신을 주시하는 것이 아르게이만이 아니라 우리도 있는 것을 그자가 모르지 않을 테니 말이오."

아소부의 안색이 살짝 굳어졌다.

야율적봉에게는 극존칭을 쓰면서 자신에게는 평대를 하는 하르브리깃의 태도에 감정이 상한 것처럼 보였다.

그걸 아는지 모르는지, 하르브리깃이 야율적봉에게 시선을 주며 부연했다.

"제가 아는 도르곤 칸은 무게 중심이 확실한 사람입니다. 그간 내내 우리와 대칸 아르게이 사이에서 묵묵히 중립을 지킨 것만 봐도 잘 아시지 않습니까."

야율적봉이 확인하듯 물었다.

"이번에도 그럴 거다?"

하르브르깃이 단언했다.

"제 생각은 확실히 그렇습니다."

야율적봉이 묵묵히 고개를 끄덕였다.

악초군에게 불려 간 여진족의 칸 풀라흔도르곤의 입장이 그렇게 정리되는가 싶었는데, 불쑥 딴지를 걸고 나서는 사람이 있었다.

"과연 악초군이 그걸 예상하지 못하고 도르곤을 불렀을까요?"

호리호리한 체구에 백발과 백염, 백미의 조화로 선풍도골한 용모인 백의노인이었다.

그리고 그것으로 그들의 얘기가 다시금 원점으로 돌아갔다.

백의노인의 정체가 야율적봉과 마찬가지로 야율가의 사람이자, 유명전의 십대고수에 포함되는 지옥삼룡의 대형인 무진광룡 야율척이었기 때문이다.

갈색 정원을 뜻하는 객잔 버르후레는 혁련보의 말마따나 호 아호특의 북문을 나서서 일 마장가량 이동하자 황토색으로 늘 어진 벼랑을 배경으로 자리하고 있었다.

인적이 드문 외딴 지역이었다.

다만 버르후레 객잔 주변에는 눈에 보이지 않는 삼엄함으로 가득했다.

낭리사가 이끄는 악초군의 친위대가 사방에 포진해서 철통 같은 경계를 펴고 있었던 것이다.

여진족의 족장, 이른바 여진족의 칸인 풀라흔도르곤은 그것 을 아는지 모르는지 태연자약한 모습이었다.

마교총단의 이공자 악초군의 돌발적이면서도 제멋대로인 모난 성격은 세상이 다 아는 처지라 누구라도 만나기를 꺼려 하는 것이 정상인데, 전혀 그런 내색이 없었다.

'자신의 능력에 대한 자부심일까, 수하들에 대한 믿음일까?'

혁련보는 내심 풀라흔도르곤이 모를 리는 만무하다는 판단 아래 혹시나 자신이 무언가 놓친 것이 없나를 돌아보았다.

특히 풀라흔도르곤을 수행하는 자들의 면면을 눈여겨 살펴 보았다.

풀라흔도르곤의 능력은 이미 잘 알고 있었다.

그는 무력이 아니라 타고난 영특함과 걸출한 기상으로, 이 른바 대인의 풍모로 여진족의 칸이 된 인물이었다.

소위 발군의 지혜와 용기로 모든 여진인들에게 여진족의 이

천외천의
주인

상을 실현하고 세상을 경륜할 만한 인물이라는 인정을 받아서 칸의 자리에 오른 인물인 것이다. ,

따라서 그의 장기는 지략이지 무력이 아니기에 혁련보는 그보다 그를 따르는 수하들을 더 예리하게 살피는 것이다.

이유 여하를 막론하고 혁련보 그 자신조차 예하지 못한 돌발적인 상황이 벌어졌을 때 변수가 될 수 있는 것은 지략 따위가 아니라 무력이기 때문이다.

'에벤키와 오로촌 따위야 낭리사 혼자만으로도 충분히 처리할 수 있는 하바리들이고…….'

에벤키와 오로촌이 여진족 최고의 용사들인 것은 사실이지만, 천하의 초고수들이 득실글거리는 마교총단에서도 상위 서열을 가지고 있는 낭리사와 비교될 수는 없었다.

막말로 말해서 건장한 어른과 코흘리개 아이가 싸우는 격이었다.

무력만 놓고 본다면 마교는 천하를 장악하려는 세력인 데 반해 여진족은 여느 시골 뒷골목에서 목에 힘주고 다니는 하류 흑도 세력 정도라는 수준의 차이가 있는 것이다.

그리고 그런 측면에서 풀라흔도르곤의 친위대장인 사르야마와 그 뒤를 따르는 열 두 명의 친위대원들도 혁련보의 눈에는 전혀 차지 않았다.

아무리 봐도 낭리사의 수하 하나만 나서도 삽시간에 쓸어버릴 수준의 허수아비들로 보였다.

다만 묘한 녀석이 하나 있었다.

에벤키와 오로촌의 뒤를 따르는 작은 체구의 사내였다.

약관이나 되었을까?

몽고족이나 거란족의 풍습에 따라 머리를 두 갈레로 따서 길게 늘어트리긴 했으나, 다른 자들처럼 정수리 부분을 삭발하지 않아서 상당히 앳되어 보이는데다가, 무림세가의 귀공자처럼 말쑥하게 귀티 나는 얼굴이었다.

게다가 녀석의 위치와 행동거지도 문제였다.

친위대장인 사르야마 앞에서, 바로 풀라흔도르곤의 뒤를 따르는 애벤키와 오로촌과 거의 나란히 건들건들 걷고 있었다.

풀라흔도르곤은 차치하고, 다들 긴장한 기색이 역력한데, 녀석은 전혀 긴장한 모습이 아닌 것이다.

'도르곤의 예하에 저런 자가 있다는 얘기는 들어 본 적이 없는데⋯⋯?'

거란족의 풍습상 특별한 상황이 아니라면 자신보다 낮은 지위를 가진 자가 자신을 앞서 걷는 것은 절대 용납되지 않는 일이었다.

결국 사내의 지위가 친위대장인 사르야마보다 높으며, 거란족 최고의 용사들인 에벤키나 오로촌과 비등하다는 얘기인데, 혁련보로서는 실로 듣도 보도 못한 사내인지라 눈에 거슬리지 않을 수 없었다.

그러나 혁련보는 이내 마음을 다잡으며 사내를 외면했다.

마침 그들, 일행이 객잔으로 들어서기도 했지만, 그에 앞서 악초군이 무슨 얘기를 하려고 풀라흔도르곤과 만나려는지 몰라도, 고작 눈에 거슬리는 애송이 하나로 인해 일을 그르치는 경우는 절대 없다는 것이 그의 판단이었다.

"오셨습니까."

낡고 허름한 객잔인 버르후레의 객청은 텅 비어진 상태였고, 악초군의 친위대장인 외팔이 사내, 낭리사가 혼자서 그들을 맞이했다.

혁련보는 늘 그렇듯 무미건조하게 대하는 낭리사의 태도를 그러려니 하고 넘기며 물었다.

"이공자는……?"

"이 층에서 기다리고 계십니다."

"오르시지요."

혁련보는 풀라흔도르곤에게 선두를 양보했다.

풀라흔도르곤이 묵묵히 고개를 끄덕이며 이 층으로 오르는 계단을 밟았다. 그리고 이내 멈추었다.

낭리사가 어느새 그의 앞을 막고 있었다.

"공자님과 약속된 분만 오르시죠."

악초군이 만나고자 하는 사람인 풀라흔도르곤만 이 층으로 올라가라는 소리였다.

풀라흔도르곤이 슬쩍 혁련보를 바라보았다.

혁련보는 실로 남감해서 곤혹스러운 표정을 지었다.

그렇다고 선뜻 뭐라고 말도 할 수 없었다.

이게 악초군의 뜻이라면 그가 부정할 수 없는 것이다.

그런 그의 속내를 아는지 모르는지, 풀라흔도르곤이 이내 낭리사에게 시선을 돌리며 말했다.

"이들은 나와 한 몸이오. 나를 보고자 했으면 이들과 함께인 것이오. 그게 싫다면 나는 이대로 돌아서는 수밖에 없소."

그는 싱긋 웃으며 재우쳐 물었다.

"이대로 돌아가리까?"

역시 보통내기가 아니었다.

혁련보가 내심 그런 생각을 하면서도 다른 한편으로 여기서 낭리사가 고집을 부리면 어쩌나 걱정하며 다급한 눈초리로 낭리사를 바라보았다.

다행히 낭리사도 이대로 풀라흔도르곤을 돌려보낼 생각은 없는 모양이었다.

그는 무심한 태도로 잠시 버티다가 옆으로 물러나서 이 층으로 오르는 계단을 내주었다.

"고맙소."

풀라흔도르곤이 짧게 감사를 표하며 이 층으로 올라갔다.

그의 수행원들이 묵묵히 그 뒤를 따랐다.

혁련보는 그 뒤에 붙어서 낭리사의 곁을 지나치며 나직이 중얼거렸다.

"이공자의 뜻은 아니었던 게로군그래."

혁련보가 대답을 기대하지 않은 것처럼 낭리사도 그저 침묵할 뿐 아무런 대답을 하지 않았다.

그사이 이 층에서는 벌써 인사가 진행되고 있었다.

"어서 오시오. 말로만 듣던 여진족의 영웅을 이렇게 뵙게 되어 실로 영광이오."

"낯부끄럽게 무슨 그런 말씀을…… 본인이야말로 향후 마교의 지배자가 될 귀하신 분을 이렇게 마주하게 되어 실로 영광이외다. 정말 반갑소, 악 공자."

혁련보가 서둘러 이 층으로 올라섰을 때, 이미 인사를 끝낸 그들, 두 사람은 창가에 자리한 작은 다탁에 앉아서 서로를 마주하고 있었다.

혁련보는 굳이 나서지 않고 문가에 시립해 있는 일악의 곁에 나란히 섰다.

주어진 임무를 끝냈으니 이제 대체 이 자리를 마련한 악초군의 저의가 무엇인지 지켜볼 일만 남았다.

풀라흔도르곤 뒤에는 에벤키와 오로촌 등 십여 명의 건장한 사내들이 시립해 있고, 악초군의 뒤에는 아무도 서 있지 않아서 왠지 모르게 저울의 추가 기우는 것처럼 보이지만, 그런 건 아무래도 상관없었다.

싸우려고 만나는 것이 아니라 서로에게 이득이 되는 얘기를 나누자는 회합이었다.

하물며 악초군 개인의 능력과 상관없이 일 층에는 낭리사가 있고, 이 자리에는 일악이 있었다.

낭리사가 있다는 것은 마교총단에서도 고수급에 해당하는 이십여 명의 친위대가 주변에 있다는 뜻이며, 일악이 있다는 것은 마교총단에서도 상위 서열에 속하는 절대고수들로 구성된 악초군의 직속 부대인 악인대가 주변에 있다는 뜻이기 때문이다.

혁련보는 그저 매사에 제멋대로인 악초군이 과연 여진족의 칸을 어떻게 대할지 자못 기대가 될 뿐이었다.

그런데 역시나 악초군은 악초군이었다.

다른 사람이었다면 형식적이나마 이런저런 얘기를 하며 나름 분위기를 부드럽게 만든 다음에 본론을 꺼냈을 테지만, 악초군은 그러지 않았다.

식은 차 한 찬 내오지 않은 상태로 평소처럼 거두절미하고 주저 없이 본론을 꺼냈다.

"본인이 도르곤 칸을 이렇게 청한 것은 한 가지 물어볼 것이 있기 때문이오. 다름이 아니라, 본인은 향후 중원을 가질 생각이지만, 골치 아픈 정사나 정치질 따위는 전혀 관심이 없소. 해서, 그 적임자로 누가 좋을지 고민하고 있소."

악초군은 말미에 웃고는 불쑥 재우쳐 물었다.

"한번 해 보시겠소?"

실로 청천벽력 같은 말이오, 질문이었다.

당사자가 아닌 혁련보가 놀라서 절로 딸꾹질이 나오는 바람에 급히 손으로 입을 막을 정도였다.

그러나 풀라흔도르곤은 놀라지도, 당황하지도 않았다.

그저 가만히 고개를 끄덕이며 말했다.

"일전에 대현자 바얀 부이르가 찾아와서 장로들 중 누군가가 이공자와 내통하고 있으니 밝혀 달라 하더이다. 한데, 오늘 본인이 이렇게 이공자를 만나서 그런 제안을 들으니 참으로 난감하기 짝이 없소이다그려. 그럼에도 궁금하오."

그는 웃는 낯으로 재우쳐 물었다.

"악 공자께서 그 제안을 건넨 사람은 본인이 첫 번인 거요?"

악초군이 대답했다.

"물론 첫 번째요."

풀라흔도르곤이 고개를 끄덕이고 나서 다시 물었다.

"왜 본인이 첫 번째인 거요? 작금의 몽고를 장악한 대칸은 본인이 아니지 않소."

악초군이 의외라는 눈치로 고개를 갸웃하며 잠시 뜸을 들이다가 대답했다.

"솔직히 말해서 예의상 뜻이 통할 것 같아서라고 말해 주어야겠지만, 그건 아니오. 자기 자신의 의지와 그에 따른 행동력으로 정상에 오른 사람은 실로 다루기가 쉽지 않소. 그래서 귀하를 선택한 거요."

이건 솔직해도 너무 솔직한 말이었다.

하지만 그 말을 들은 풀라흔도르곤은 익히 예상하던 말을 들은 사람처럼 웃으며 고개를 끄덕였다.

"그럴 것 같았소. 본인이 봐도 대칸 아르게이는 다루기 쉽지 않은 사람이오."

그는 문득 표정이 변해서 악초군을 직시하며 재우쳐 말했다.

"그런데 대칸 아르게이는 제대로 본 악 공자께서 본인은 제대로 보지 못한 것 같구려."

악초군이 삐딱하게 바라보며 물었다.

"지금 내 제안을 거부하는 거요?"

풀라흔도르곤이 웃는 낯으로 고개를 끄덕이며 인정했다.

"그렇소. 방금 악 공자가 말한 그 이유가 바로 본인이 아르게이를 선택한 이유였소. 자기 자신의 의지와 그에 따른 행동력으로 정상에 오른 사람이라 실로 다루기가 쉽지 않은 대칸 아르게이라서 본인이 싸워 보지도 않고 굴복한 거요. 나로서는 부족한 우리 대초원의 숙원을 어쩌면 그 사람이라면 이룰 수 있을 것 같아서 말이오. 내 어찌 그런 사람을 배신할 수 있겠소."

그는 새삼 웃고는 자리를 털고 일어나서 한주먹을 가슴에 대는 여진족 특유의 인사로 작별을 고했다.

"다행히 본인이 첫째라니 그리 실망은 크지 않으리라고 보오. 실수는 누구에게나 다 있는 법이 아니겠소. 그럼 무운을 비오."

악초군은 쓰게 웃었다.

풀라흔도르곤의 말마따나 실망한 표정이긴 해도 그리 크게 실망한 표정으로는 보이지 않았다.

그러나 이유가 달랐다.

"어째 이럴 것 같더라니……."

악초군이 떨떠름한 표정으로 입맛을 다시며 나직이 중얼거렸다.

그와 동시에 전광석화처럼 일어나서 칼처럼 세워진 손끝을 내밀어서 풀라흔도루곤의 가슴을 찔렀다.

"헉!"

풀라흔도르곤이 신음했다.

거의 동시에 반사적으로 나서던 친위대장 사르야마의 머리가 허공으로 떠올랐다.

어느새 움직인 일악의 칼솜씨였다.

"익!"

간발의 차이로 여진족의 용사들인 에벤키와 오로촌이 나서고, 졸지에 벌어진 사태에 당황해서 굳어졌던 친위대원들이 칼을 뽑아 들었다.

하지만 그들 대부분이 제대로 나서기도 전에 머리가 떨어지거나 가슴이 길게 베어져서 쓰러졌다.

순식간에 모습을 드러낸 십여 명의 흑의사내들이 있었다.

이악(二惡)과 삼악(三惡) 등, 악초군 직속의 부대인 악인대의 등장이었다.

이미 이런 상황을 예측하고 있었던 것처럼, 아니, 사전에 준비한 것처럼 더 없이 기민한 대응이 아닐 수 없었다.

그러나 싸움은 바로 끝나지 않았다.

악초군의 공격을 풀르흔도르곤이 버티고 있었다.

흡사 손과 가슴으로 대치하며 서로 내공을 겨루는 것처럼 보이는 모습이었다.

당연하게도 자세는 악초군이 압도적으로 유리했다.

악초군은 칼처럼 뾰쪽하게 세워진 손끝을 풀라흔도르곤의 가슴에 찔러 넣은 채로 밀어붙이고 있었다.

풀라흔도르곤은 크게 부풀려서 앞으로 내민 가슴의 힘만으로 실제 칼날보다 더 예리해 보이는 악초군의 손끝에 대항하는 중이었다.

그것도 순간적인 악초군의 공격에 두 다리가 허공에 떠서 뒤로 밀려 나가다가 벽의 도움을 받아 할 수 있었던 대항이었다.

불끈 쥐어진 주먹을 쳐들고 있으면서도 반격을 하지 못하고 있는 것은 가슴에 집중한 내력의 분산을 막기 위함으로 보였다.

손을 쓰기 위해서 찰나지간이라도 내력을 분산했다가는 악초군의 손끝이 여지없이 그의 가슴을 꿰뚫어 버릴 상황인 것이다.

그만큼 위급한 상황!

내력의 힘으로 저항하고 있긴 하지만, 임시방편에 불과했고, 그에게는 다른 방법이 없었다.

악초군의 손끝이 조금씩 그의 가슴을 파고들고 있었고, 이대로라면 이내 폐부를 찔러 버릴 터였다.

그것을 대변하듯 진땀을 줄줄 흘리는 풀라흔도르곤의 입에서 억눌린 신음이 흘러나오기 시작했다.

"으으……!"

실로 눈 깜짝할 사이에 벌어진 그 사태에 변화가 생긴 것은 바로 그때였다.

"그러게 내가 뭐랬어?"

앞서 혁련보가 유심히 살폈던 흑의사내였다.

이악인지 삼악인지, 또는 다른 누구였는지는 모르겠으나, 그들의 공격의 공격을 거의 유일하게 막아 낸 그가 입으로는 투덜거리면서도 더 없이 빠르게 악초군의 뒷등을 노렸다.

"……!"

풀라흔도르곤을 압박하던 악초군이 별수 없이 찌르고 있던 손끝을 빼며 방어에 나섰다.

그러나 흑의사내가 악초군을 노린 것은 고도의 기만술이었다.

악초군이 방어하려고 돌아섰을 때, 흑의사내는 이미 그런 그를 무시하며 측면으로 돌아서 풀라흔도르곤을 부축하고 있었다.

"거짓이라도 숙일 때는 숙여야 한다고 내가 그랬지?"

흑의사내의 입에서 뱉어진 두 번째 질타와 함께 천장에 구멍이 뚫렸다.

풀라흔도르곤을 부축한 그가 실로 삽시간에 어기충소의 수법으로 날아간 것이다.

헛손질한 악초군이 붉게 타오르는 얼굴로 두 눈을 희번덕거리며 소리쳤다.

"잡아!"

일악이 바로 움직였다.

하지만 따라가지는 못하고 이내 멈추었다.

악인대의 기습적인 공격을 버텨 낸 것은 풀라흔도르곤을 구해서 도망친 정체불명의 흑의사내만이 아니었다.

칼지트단 소속의 두 용사인 거구의 에벤키와 오로촌도 버텼다.

비록 에벤티는 가슴이 길게 베이고, 오로촌은 다급한 김에 맨손으로 방어하느라 팔이 하나 잘려 나가서 두 사람 다 선혈이 낭자한 상태였으나, 그들이 이를 악물고 나서서 일악의 앞을 막고 있었다.

"가려거든 우리의 주검을 밟고 가라!"

일악이 귀신처럼 움직이며 손을 썼다.

그렇지만 그들, 에벤티와 오로촌도 쉽게 당하지 않았다.

매번 상처를 입고 피를 튀기며 비틀거리면서도 그의 공격을 서너 합이나 막아 냈다.

추적이 불가능한 시간이 지나고 있었다.

본의 아니게 손을 놓고 구경꾼이 되어서 그 모습을 지켜보던 혁련보는 실로 사색이 되었다.

'제기랄, 난리 났군!'

몽교의 발호 이십팔 일째 날 오후

아소부는 보란 듯이 하품을 했다.

얘기만 길게 늘어지고 있을 뿐, 결론이 나지 않고 있었다.

좌중이 그의 하품에 반응했다.

열변을 토하던 사람들이 저마다 눈치를 보며 입을 다물었다.

와중에 그처럼 좌중의 열띤 토론을 지루하게 바라보던 야율적봉이 피식 웃으며 말했다.

"너무 그렇게 티내지 마세요. 알고 보면 탁상공론(卓上空論)에서도 배울 것이 있습니다. 현실성이 없는 허황한 이론을 논의하다보면 의외로 이거다 싶은 것들이 나오기도 하거든요."

아소부는 한수 가르쳐 준다는 식으로 말하는 야율적봉의 태도가 못내 거슬렸으나, 내색을 삼가며 웃었다.

어차피 지금의 자신은 이인자로 만족해야 할 상황이었고, 그가 인정해야 할 일인자는 바로 지금 건방을 떠는 야율적봉이기 때문이다.

'적어도 지금은! 아니, 아직은!'

여전히 가슴속 깊은 곳에 자리한 야망을 버리지 못한 아소부는 애써 웃는 낯으로 대답했다.

"그런가? 사제가 의외로 너무 진득하다 했더니만, 그런 생각을 가지고 있었군그래. 나로서는 쉽게 이해하기 어려운 얘기니, 일단은 사제 말을 믿고 지켜보도록 하지."

야율적봉의 안색이 살짝 굳어졌다.

아소부는 내심 뜨끔했다.

자신의 자존심도 지키면서 야율적봉의 신위도 인정하는 말이라고 생각했는데, 그게 아닌가 싶어서였다.

그런데 그게 아니었다.

야율적봉이 굳어진 안색으로 싱긋 웃으며 말했다.

"시간이 됐나보네요."

아소부가 도통 무슨 말을 하는 것인지 몰라서 어리둥절해하는 그때, 대청의 문이 열리며 다급히 들어서는 사내가 하나 있었다.

호리호리한 체구에 반백의 머리를 휘날리는 중늙은이, 그도 익히 잘 아는 야율적봉의 측근인 지옥삼룡의 막내, 백안혈룡(白眼血龍) 야율보기(耶律保機)였다.

"대장의 예상대로입니다! 돌발적인 사태가 벌어졌습니다!"

아소부는 절로 눈살을 찌푸렸다.

어디 뒷골목 파락호들도 아니고 대장이라니, 실로 낯이 다 뜨거워지고 있었다.

다만 늘 듣던 말이긴 했다.

평소의 아소부는 이 말을 들을 때마다 왠지 자신이 다 부끄러워서 애써 외면하고는 했는데, 적어도 지금은 애써 그런 감정을 눌렀다.

지금 야율보기의 보고는 야율적봉이 여태 그가 모르는 무언가 모종의 일을 꾸미고 있었다는 혹은 알고 있었다는 뜻이기 때문이다.

그런 그의 생각을 아는지 모르는지, 야율적봉이 아무렇지도 않게 끌끌 혀를 차며 야율보기를 꾸중했다.

"야율보기 아저씨는 다 좋은데, 성격이 너무 급해서 탈이야. 그렇게 말하면 내가 어찌 알겠나. 무슨 사태가 어떻게 벌어졌는지 말을 해 줘야지."

"아, 그게……!"

야율보기가 한무릎을 꿇으며 정식으로 보고했다.

"무슨 사태가 어떻게 벌어졌는지는 모르겠습니다만, 몽고진영에 있는 여진족들이 빠져나가고 있습니다! 선봉으로 나서거나 그런 게 아니라, 다들 그냥 대충 짐을 꾸려서 도망치듯 우르르 후방으로 빠지고 있습니다!"

야율적봉의 눈이 커졌다.

그리고 잠시 입가를 씰룩이더니, 이내 배를 움켜잡으며 박장대소했다.

"으하하하……! 역시 이사형이야! 실로 대차게 한 건 했군 그래! 으하하하……!"

아소부는 잠시 이게 대체 무슨 일인지 감이 오지 않아서 막막했으나, 이내 타고난 영민함으로 사태를 유추하고는 앞서의 야율적봉처럼 절로 눈이 커졌다.

여진족의 칸인 풀라흔도르곤은 악초군을 만나러 갔다.

그런데 얼마 지나지 않아서 여진족이 갑자기 몽고의 진영을 빠져나가고 있는 것이다.

이럴 가능성은 오직 하나뿐이었다.

'이사형이 풀라흔도르곤을 쳤군!'

아니나 다를까, 이내 웃음을 그친 야율적봉이 바로 입을 열어서 그의 짐작이 사실임을 확인시켜 주었다.

"알았으니까, 야율보기 아저씨는 지금 당장 가서 도르곤 칸이 죽었는지 살았는지부터 확인해 봐. 지금 이사형이 어쩌고 있는지도 좀 살펴보고."

"옙!"

야율보기가 두말없이 대답하며 서둘러 자리를 떠났다.

야율적봉의 시선이 그와 동시에 눈치를 보고 있던 거란족의 칸인 하르브르깃에게 돌려졌다.

"어서 대칸 아르게이에게 가 보세요. 그가 이번 일을 어떻게 받아들이는지에 따라서 내 입장도 바뀌게 될 테니, 선명하고 확실하게 살펴야 할 겁니다."

"알겠습니다! 바로 가서 확인해 보도록 하지요."

하르브르깃이 기다렸다는 듯 대답하며 자리에서 일어났다.

그리고 서둘러 밖으로 나가려는데, 문득 야율적봉이 급히 따라서 일어나며 그의 발길을 잡았다.

"아참! 깜빡 잊을 뻔했네요!"

하르브리깃이 어리둥절해하며 바라보는데, 뚜벅뚜벅 그에게 다가선 야율적봉이 순간적으로 손을 내밀어서 그의 뒤를 따르다가 멈춰 서 있던 하르고르고르의 목을 움켜잡았다.

"컥!"

하르고르고르가 아무런 반항도 하지 못한 채 야율적봉의 손에 매달려서 버둥거렸다.

설익은 얼음처럼 반투명하게 변한 야율적봉의 손에는 거란족의 손꼽히는 용사인 하르고르고르가 제대로 반항조차 할 수 없을 정도의 기력이 담겨져 있다는 뜻이었다.

하르브리깃도 전혀 움직이지 못했다.

하르고르고르의 목을 움켜잡은 채 빙그레 웃고 있는 야율적봉의 시선이 그를 바라보고 있었기 때문이다.

하르브리깃을 따르던 거란족의 용사들 역시 꼼짝도 하지 못한 채 그대로 서 있었다.

하르브리깃조차 움직이지 못하고 있는 마당에 그들이 어찌 움직일 수 있을 것인가.

"끄으······!"

하르고르고르는 그렇게 목이 졸려서 새파랗게 질렸다가 이내 검붉게 변한 얼굴로 혀를 빼물며 죽어 버렸다.

장내는 찬물을 끼얹은 것처럼 조용했다.

사실은 겉만 그럴 뿐 속은 한바탕 폭풍이 몰아지고 있었다.

다들 애써 숨들을 다독이고 있었으나, 살벌한 분노의 감정이 속에서 부글거리고 있어서 언제라도 불씨만 생기면 당장에 폭발해 버릴 화약고와 같은 분위기였다.

그리고 그 불씨는 바로 거란족의 칸 하르브르깃의 수중에 있었다.

어떤 식으로든 그가 움직이면 장내는 여지없이 폭발해 버리는 것이다.

야율적봉은 그게 아랑곳하지 않고 죽은 하르고르고르를 거란족의 용사 하나에게 밀쳐내며 마치 더러운 거라도 묻은 것처럼 자신의 가슴 옷깃에 쓸어서 손을 닦았다.

그 상태로, 그는 하르브르깃을 향해 마치 멋쩍다는 듯한 미소를 흘리며 말했다.

"내가 글쎄 이렇다니까요. 누가 내 말을 끊으면 좀처럼 화가 풀리지 않아서 꼭 풀어야 해요. 안 그러면 잠을 설치거든요. 그러니 그냥 운이 없었다고 생각해요. 그럴 수 있죠?"

하르브르깃은 선뜻 대답하지 않았다.

대답할 수 없는 것일 수도 있고, 대답하기 싫은 건지도 몰랐다.

그러나 차마 야율적봉에게 항거할 만큼의 용기나 의지는 없는 것 같았다.

그는 끝내 야율적봉의 말을 거부하지 못한 채 고개를 끄덕이며 대답했다.

"걱정 마십시오. 저는 날 때부터 우리 가문은 야율가를 위해서 살아야 한다고 배우고 자란 사람입니다. 저는 다만 제 손으로 해결했어야 할 문제인데 야율 공자님의 손을 빌리게 돼서 실로 창피할 따름입니다."

가느다란 실 끝에 간신히 매달려 있는 것처럼 팽팽하던 긴장감이 스르르 가라앉았다.

야율적봉은 활짝 웃는 낯으로 손사래를 쳤다.

"그건 괜찮아요. 내 일이 하르 가문의 일이듯 하르 가문의 일이 내 일인 걸요 뭐."

"그럼 저는 이만……!"

하르브리깃이 정중하게 공수하며 자리를 떠났다.

동석했던 거란족의 용사들도 묵묵히 그 뒤를 따라갔다.

야율적봉은 장내에서 그들이 사라질 때까지 그 자리에 그대로 서 있다가 불쑥 말했다.

"야율척 아저씨."

"옙!"

지옥삼룡의 대형인 야율적이 바로 대답하며 그의 곁으로 나서서 고개를 숙였다.

야율적봉이 말했다.

"쟤도 안 되겠는 걸요?"

야율척이 예리하게 알아들으며 반문했다.

"화를 안 내서 그런 거겠죠?"

야율적봉이 웃는 낯으로 그렇다고 대답했다.

"화를 내야 할 때 안 내는 사람은 믿을 수가 없지요. 죽을 때 죽더라도 화를 내는 사람이 믿을 수 있는 사람이죠."

야율척이 고개를 끄덕이는 것으로 수긍하며 물었다.

"처리할까요?"

야율적봉이 고개를 저었다.

"지금 당장은 말고요. 우선 적당한 인물부터 찾아봐야지요."

야율척이 물었다.

"제가 찾아볼까요?"

야율적봉이 승낙했다.

"그러세요. 가능하면 쵸노(늑대)처럼 사나우면서도 분위기 파악 제대로 하는 똘똘한 친구로요."

"예, 알겠습니다."

야율척이 바로 고개를 숙이고 대답하며 물러났다.

야율적봉이 그제야 기꺼운 표정으로 손을 털며 본래의 자리로 돌아와서 앉았다.

아소부는 이래저래 못내 놀라고 당황한 나머지 표정관리가 되지 않았다.

마치 한바탕 폭풍이 몰아친 바닷가에 홀로 서 있는 것 같은 기분이 들어서 무슨 표정을 지어야 할지 몰랐다.

자리에 앉은 야율적봉이 아무렇지도 않게 말을 건네서 그런 그의 혼란을 가중시켰다.

"아무려나, 잘됐네요. 이사형이 사고를 쳐 준 덕분에 제 일이 한결 수월해졌어요."

아소부는 굳이 불쾌한 속내를 숨기지 않고 물었다.

"무슨 일이 어떻게 수월해졌다는 거지?"

야율적봉이 싱긋 웃으며 대답했다.

"이사형과 제가 가진 힘은 엇비슷하다고 생각해요. 그래서 관건은 누가 몽고의 지지를 받느냐는 거였는데, 이사형이 제대로 사고를 쳐 주는 바람에 제가 몽고의 지지를 받는 게 수월해졌다는 겁니다."

"이사형이 이런 일을 벌일 것이라고 예상하고 있었다는 거냐?"

"예상한 것이 아니라 기대했죠. 이사형은 다른 사람의 말을 대수롭지 않게 무시하는 무지막지한 독선의 소유자니까요."

아수보는 여전히 이해할 수 없었다.

"칠제 네가 알고 있다면 이사형도 알고 있겠지. 몽고의 지지

를 받아야 한다는 것을 말이다. 그런 상황만 놓고 보면 이사형
은 아르게이의 손을 잡고 있는 것이 명백하다. 그렇지 않고서
는 도르곤 칸을 공격할 수 없다."

야율적봉은 싱긋 웃었다.

그가 늘 보여 주는 습관이었지만, 지금의 아수보에게는 비
웃음으로 보였다.

곧바로 이어진 말 때문에 더욱 그랬다.

"그래서 이사형의 무지막지한 독선이라는 겁니다. 당연히
아르게이와 손잡고 있겠죠. 하지만 아르게이는 이런 식으로 도
르곤 칸을 공격할지 몰랐을 겁니다. 분명 그는 도르곤 칸이 자
신의 자리를 위협하는 사람이라 할지라도 작금의 중원을 넘어
서려면 없어서는 안 될 존재라는 것을 익히 잘 알고 있을 테니
까요."

"이게 이사형이 아르게이의 반대를 무릅쓰고 저지른 일이
다?"

"딴에는 아르게이를 위한답시고 저지른 일일 겁니다. 아니,
어쩌면 아르게이가 반대했기 때문에 저지른 일일 수도 있겠네
요. 하하……!"

야율적봉은 갑자기 하하 웃고는 다시 말을 이어 나갔다.

"아르게이는 사전에 자신이 도르곤 칸을 내치는 일은 없어
야 한다고 얘기해 두었기 때문에 안심하고 도르곤 칸이 이사
형을 만나러 나가는 것을 보고서도 막지 않았을 텐데, 이사형

이 그냥 제대로 한 건 해 버린 거죠. 하하하……!"

그는 거짓말처럼 웃음을 그치며 의미심장한 말을 추가했다.

"이제 아르게이는 이사형을 절대 믿지 못할 겁니다. 그들의 동맹이 깨져 버린 거죠. 또한 아르게이는 알고 있습니다. 이사형을 대적할 수 있는 사람이 저뿐인 것을 말입니다."

그는 느긋하다 못해 거만해 보이는 태도로 의자에 등을 기대며 힘주어 부연했다.

"아직 도르곤 칸이 죽었는지 살았는지 모르겠지만, 그와 상관없이 이제 여진족은 내 편입니다. 뒤통수를 맞은 도르곤 칸이나 머리를 잃고 방황하는 여진족을 구슬를 수 있는 능력 정도는 제게 있으니까요. 그리고 아르게이는 조만간 제게 연락을 할 겁니다. 말이 통하지 않는 자와 함께할 정도로 어리석은 사람이 아니거든요, 아르게이는."

그는 정말 흥미진진하다는 눈빛으로 두 손바닥을 비비며 실로 아소부가 예상하지 못한 결정적인 한마디를 덧붙였다.

"이거 정말 오늘 저녁에 벌어질 만찬이 기대가 되네요."

아소부는 놀라다 못해 어처구니가 없다는 눈빛으로 야율적봉을 바라보며 물었다.

"그게 무슨 소리야? 이런 상황에서 오늘 저녁에 벌어질 만찬에 참가하겠다는 거냐, 지금?"

야율적봉은 오히려 이상하다는 눈빛으로 아소부를 바라보았다. 그리고 당연하다는 듯이 말했다.

"그 재미있을 만찬에 왜 참가하지 않겠습니까. 당연히 참가해야죠."

아소부는 실로 충격을 먹었다.

내색은 삼갔으나, 전신에 찌릿한 전율마저 느껴졌다.

순간적으로 자신이 후계자 경쟁에서 밀려난 이유를 알 것만 같았기 때문이다.

단지 계략에 빠졌기 때문이라고, 그게 아니었다면 얼마든지 마교총단의 정점에 설 수 있었다고 억울해하며 이를 갈았다.

물론 와중에도 아직 늦지 않았다고 생각하며 나름의 노력으로 재기를 다짐하고 있었다.

그런데 그게 아닌 것 같았다. 아니, 아니었다.

자신은 부족했다.

적어도 악초군이나 야율적봉과 비교하면 그랬다.

작금의 상황이 그것을 대변하고 있었다.

악초군과 야율적봉의 기량은 그가 전혀 생각할 수 없는 경지였다.

막말로 그의 머리 위에서 놀고 있는 것이다.

'과연 이들과 다시 겨룰 수 있을까?'

아소부가 본의 아니게 자신의 정체성을 되짚어 보는 그때, 야율적봉이 웃는 낯으로 물어 왔다.

"같이 가실 거죠?"

모든 집기가 가루로 변했다.

벽이 무너지고, 천장의 일부가 내려앉았다.

대청에 있던 모든 사람들이 작심하고 멀찍이 떨어지거나 분분히 신형을 날려서 자리를 이탈해야 했다.

그래도 제때에 물러서지 못하고 피하지 못한 자들이 적지 않아서 피를 뿌리며 나가떨어지는 사상자가 속출했다.

마교총단의 이공자, 극락서생 악초군은 그러고도 십여 번의 주먹질로 대청의 바닥에 깊은 웅덩이를 만들어 놓고서야 겨우 분노를, 아니, 광기를 가라앉혔다.

"헉헉……!"

감히 누구도 나서거나 입을 열지 못하는 가운데, 악초군의 거친 호흡소리가 서서히 잦아들었다.

이윽고, 호흡을 가라앉힌 악초군이 무슨 일이 있었냐는 듯 아무렇지도 않게 주변을 둘러보다가 이내 박살 나서 무너져 버린 벽의 잔해더미에 가서 털썩 앉으며 히죽 웃었다.

"실수했네."

그의 시선이 일악 등과 함께 가까스로 지근거리에서 버틴 혁련보에게 돌려졌다.

"그렇죠?"

혁련보는 바로 대답할 수 없었다.

대체 어느 것을 두고 말하는 것인지 알 수 없어서였다.

느닷없이 여진족의 칸인 풀라흔도르곤을 죽이려한 거?

아니면 그랬다가 그를 놓쳐 버린 거?

그도 아니라면 그 때문에 분노해서 애써 마련한 객잔을 박살 내 버린 거?

악초군이 난감해하는 그를 향해 새삼 천연덕스럽게 웃으며 다시 말했다.

"도르곤 그놈 놓친 거요. 제대로 잡아서 죽였어야 했는데, 난데없이 그 어린놈의 새끼가 끼어드는 바람에 그만 실수를 했네요."

그는 피 묻은 자신의 손을 이리저리 살펴보며 무척이나 아쉬워했다.

"폐부가 손끝에 닿은 것 같기는 하지만, 터트리지를 못했으니 그대로 죽을 것 같지는 않단 말이죠. 아, 정말 이거 기분 더럽네."

말투도 그렇고, 눈빛도 그렇고, 악초군의 기색이 다시금 격앙되어 가는 느낌이었다.

혁련보는 재빨리 나서서 대답했다.

"본인의 실수가 없지 않소. 그 어린놈의 기도가 예사롭지 않아서 눈여겨보긴 했는데, 설마 이공자의 손 속을 피해 낼 정도 줄은 정말 상상도 하지 못한 일이오."

우선은 이렇게 계획에도 없던 악초군의 행동을 전혀 책망하지 않는 것처럼 말해 놓는 것이 중요했다.

이미 저질러 버려서 돌이킬 수 없는 상관의 실수를 책망하는 것은 하수나 하는 짓이었다.

과연 악초군이 분노할지언정 더 이상 흥분하지 않는 모습으로 그의 말을 받았다.

"그러게 말이에요. 그렇게 빠른 놈은 처음 보았어요. 순간적으로 여덟 번이나 방향을 틀어서 내 손 속을 피하더군요. 마교의 경신술은 아닌 게 분명한데, 혹시 그에 대해서 아는 게 있어요?"

혁련보는 이게 질책이라는 것을 대번에 간파하며 최대한 조심스럽게 대답했다.

미치광이 소리를 들을 정도로 변화무쌍한 성격의 소유자인 악초군을 상대할 때는 매사에 이렇듯 신중한 행동이 요구되는 것이다.

"물론 본인도 듣도 보도 못한 경신술이었소, 하지만 천하가 아무리 넓다고 한들 그 정도의 경신술을 소유한 자는 그리 많지 않으니, 본인에게 약간의 시간만 내주면 틀림없이 밝혀낼 수 있을 것이오."

악초군이 못내 아쉽다는 듯 쩝쩝 입맛을 다시며 승낙했다.

"그래요, 그럼. 대신 최대한 빨리 알아봐요. 놈을 잡아서 죽이지 못하는 한 잠을 이루지 못할 것 같으니까."

혁련보는 자신이 있든 없든 간에 지금은 악초군이 원하는 대답을 내놓아야 한다는 것을 느끼며 장담했다.

"알겠소. 수일 내로 밝혀내서 알려 주도록 하리다."

악초군이 묵묵히 고개를 끄덕였다.

대답은 없었으나, 적잖게 기분이 풀어진 모습이었다.

혁련보는 이때다 싶어서 물었다.

"저기, 그런데, 도르곤 칸을 제거해야겠다는 생각은 도대체 언제부터 한 거요?"

"아, 그거요."

악초군이 웃으며 대답했다.

"생각이야 오래전부터 했는데, 아르게이가 반대하더라고요. 도르곤을 제거하면 중원 진출이 적어도 이삼 년은 늦어질 거라나 뭐라나. 아무튼, 그래서 오늘 내가 좀 간을 본 건데, 아무래도 안 되겠더라고요. 너무 건방져요. 내 제안을 면전에서 그렇듯 당당하게 거절할 정도면 아르게이가 감당하기 어려워서 안 돼요."

"……!"

혁련보는 절로 마른침을 삼켰다.

이건 또 새로운 충격이었다.

지금 악초군의 말은 다른 걸 다 떠나서 아르게이와 그가 이미 밀접한 관계를 맺고 있다는 뜻을 내포하기 때문이다.

'몽고에 대한 동향은 전적으로 바얀부이르와 소통하는 나를 통해서 보고받고 있었는데, 대체 언제……?'

그는 역시나 최대한 조심스럽게 물었다.

"대체 그게 무슨 말인지……? 이공자께서 이미 대칸 아르게 이와 개인적으로 교류하고 있었단 말이오?"

악초군이 대수롭지 않게 웃으며 대답했다.

"아, 내가 얘기 안 해 줬나요? 일전에 한번 만났어요. 그리고 아까 도르곤에게 했던 제안을 그대로 했었는데, 잠시 생각할 시간을 달라고 하더군요."

혁련보는 이제야 번뜩하고 뇌리를 스치는 것이 있었다.

'그래서 오늘……!'

아니나 다를까, 악초군의 입에서 그의 예상과 같은 말이 흘러나왔다.

"그때 내친김에 그 얘기를 한 거예요. 아무리 봐도 도르곤을 눈에 거슬려하는 것 같은데, 없애 줄까, 하고요. 그랬더니 그건 또 아니라고 하더군요. 그래서 오늘 도르곤을 만난 거예요. 이래저래 확실한 게 좋을 것 같아서. 뭐 일이 틀어지긴 했지만 말이에요. 하하하……!"

혁련보는 내심 적잖게 놀랐다.

매우 당황스럽기도 해서 절로 마른침도 삼켰다.

다시금 악초군의 새로운 모습이 느껴졌기 때문이다.

미치광이처럼 천방지축 제멋대로 행동하는가 싶었는데, 그게 아니었다.

실로 철저한 계산 아래 움직이고 있었다.

오늘 사건도 그랬다.

악초군은 풀라흔도르곤이 자신의 제안을 수락해도 좋고, 거절해도 상관없었을 터였다.

승낙하면 아르게이를 내치고, 거절하면 제거해서 아르게이를 압박하는 기회로 삼을 수 있을 테니까.

'그런데 놓쳤다. 그런데도 그리 심하게 낙담하지 않고 태평한 모습이다. 왜지?'

아까의 분노는 다른 누군가의 개입으로 풀라흔도르곤을 제거하지 못했다는 분노이지, 단순히 풀라흔도르곤을 놓쳤다는 분노가 아니었다.

그 정도는 그도 익히 느낄 수 있는 것이다.

'뭐가 더 있나?'

혁련보는 일단 악초군이 그가 알던 악초군이 아니라는 사실을 인정하자, 모든 것이 다 의심스럽고, 새롭게 보여서 도무지 갈피를 잡을 수가 없었다.

그는 애써 마음을 다잡으며 물었다.

"하면, 이제 어쩌실 거요? 이유야 어쨌든 도르곤 칸을 잡았으면 모르되 놓쳐 버렸으니, 아르게이가 심히 불편해할 것이 아니겠소."

사실 크게 순화해서 말하는 것이었다.

아르게이가 이 사실을 들으면 불편해할 정도가 아니라 분통을 터트릴 것이 자명했다.

그러나 악초군은 폐부를 찌르는 그의 말을 듣고도 천하태평이었다.

"불편해해도 어쩔 수 없죠. 이게 다 자기 하고 잘해 보자고 하다가 벌어진 일인 것을요. 게다가 그게 아니더라도 아르게이는 이제 더는 도르곤의 손을 잡지 못해요. 도르곤도 바보가 아닌 이상, 내가 자기를 만나기 전에 아르게이를 먼저 만났다는 사실을 알게 되면 나보다는 아르게이에게 더 분노하지 않겠어요?"

혁련보는 머리를 호되게 한 방 맞은 기분이었다.

과연 악초군의 말이 옳았다.

그간 아르게이가 못내 거북한 풀라흔도르곤을 내치지 못하고 곁에 둔 것은 거란족을 의식해서였다.

정확히는 거란족을 지지하는 칠공자 야율적성을 의식한 것이었다.

그러므로 이제 아르게이는 선택의 여지가 없게 되었다.

여진족이 빠져나간 자리는 당연하게도 야율적성의 지지를 받는 거란족이 차지하게 될 텐데, 아르게이는 이제 불편하건 말건 곁을 지켜 주던 친구인 여진족이 없으니, 결국 악초군이 내미는 손을 잡을 수밖에 없는 것이다.

'하지만!'

이공자가 내미는 손을 잡는다고 해서 그게 과연 아르게이의 진심일까?

절대 아닐 것이다.

오월동주(吳越同舟)라, 서로 나쁜 관계에 있는 사람들도 강을 건너야 하는 목적이 같으면 어쩔 수 없이 한 배를 타야 한다는 말이 있긴 하지만, 말 그대로 그건 순전히 일시적인 협상에 불과했다.

강을 건너야 하는 목적을 달성하고 나면 본래의 관계로 돌아갈 수밖에 없는 것이다.

게다가 악초군과 아르게이의 상황은 일면 같은 듯 보이지만 사실은 매우 달랐다.

악초군은 이번 사태를 꾸민 사람이고 아르게이는 일방적으로 당한 사람인 것이다.

'그뿐 아니라 이번 사태로 인해 몽고의 중원 진출은 상당시간 뒤로 늦추어질 수밖에 없다. 이는 애초에 칠공자의 부추김으로 나선 거란족과 달리 스스로 일어나서 몽고를 통일한 아르게이가 가장 분노할 일이다. 지금 이공자는 아르게이가 왜 스스로 푸른 이리 징기스칸의 혈통임을 자랑하는지를 간과하고 있다.'

혁련보는 그것으로 모든 결론이 났다.

지금까지 그는 천방지축 제멋대로 행동하긴 해도 모든 것을 있는 그대로 내보이는 악초군을 추종했을 뿐, 하나에서 열까지 감추고 숨기며 그를 기만하는 악초군을 추종하고 싶은 마음은 들지 않았다.

일인지하 만인지상인 이인자의 자리를 위해서 그가 감내할 수 있는 것은 인내지 희생이 아닌 것이다.

"과연 그렇군요. 옛말이 하나도 틀리지 않소. 나이를 들수록 점점 더 사리분별이 어두워진다고 하더니만, 본인도 어쩔 수 없는 모양이오. 도무지 이공자의 혜안을 따라갈 수가 없구려."

악초군이 묘하다는 눈빛으로 그를 바라보았다.

"그 말은 어째 삐딱하게 들리는걸요?"

혁련보는 도둑이 제 발 저리다는 식으로 내심 뜨끔했으나, 그걸 내색하지 않을 정도의 정심함은 가지고 있었다.

"그럴 리가 있겠소. 본인은 다만 오늘 저녁에 예정되어 있던 만찬이 틀어진 것이 조금 아쉬울 따름이오. 그 자리는 칠공자와의 화합이나 아르게이의 군세를 확인하는 것만이 아니라, 삼전오문구종의 주인들이 가진 역량을 가늠해 볼 수 있는 아주 좋은 기회라고 생각했는데 말이오."

악초군이 지금 무슨 말을 하고 있느냐는 듯한 눈빛으로 혁련보를 바라보며 불쑥 말했다.

"오늘 만찬이 왜 틀어져요?"

"……?"

혁련보는 새삼 눈이 커졌다.

오늘 내내 연신 놀라고 당황해서 눈을 크게 뜨느라 본의 아니게 파르르 경련까지 일어나고 있었으나, 어쩔 수 없었다.

이 또한 그가 전혀 예상하지 못한 말인 것이다.

"아니, 그럼 오늘 만찬을 그대로 속행할 생각이란 말이오?"

악초군이 어깨를 으쓱하며 대답했다.

"내가 아니라 저쪽에서, 주체는 아르게이지만 실상 칠제의 입김이 가득 담겨져서 마련된 만찬이에요. 아르게이는 말할 것도 없고, 칠제가 만찬을 최소할 이유가 어디에 있습니까? 물론 나도 당연히 거부하지 않고 참가할 생각이고요."

그는 문득 의미심장한 미소를 지으며 말을 더했다.

"나는 아주 기대가 됩니다. 다들 실로 오랜만에 갖는 회합이니 얼마나 반갑고 또 그래서 재미가 있겠어요. 안 그래요?"

혁련보는 뭐라고 대꾸할 말이 떠오르지 않았다.

작금의 상황에서 그대로 만찬을 속행할 것이라는 생각은 전혀 하지 못한데다가 지금 그의 시선에 들어온 악초군의 미소가 너무나도 섬뜩하게 다가왔기 때문이다.

'설마……?'

혁련보는 자신도 모르게 불현듯 불길한 느낌이 들었으나, 이내 내심 고개를 저었다.

악초군은 천마대제의 뒤를 잇는 천하최강의 천마를 꿈꾸는 사람이었다.

그런 사람이 설령 꿈이라도 방금 그가 상상한 일을 저지를 리는 없다는 것이 그의 생각이었다.

"그보다……."

악초군이 다시 말하고 있었다.

"예정에는 없었던 일이지만, 오늘 만찬에 한 사람이 더 참가할 거요."

"누가……?"

혁련보의 질문이 끝나기도 전에 그가 느낄 수 있는 아무런 기척도 없이 나타나서 말을 건네는 사람이 하나 있었다.

"오랜만이오, 단주."

혁련보는 다시금 크게 놀라서 할 말을 잊은 표정이 되었다.

나타난 사람이 바로 중원에서 무림맹의 공격으로 총단을 잃고 패주했다는 천사교주였기 때문이다.

이윽고, 정신을 수습한 그는 천사교주의 인사를 받는 대신 악초군을 바라보았다.

이게 대체 어떻게 돌아가는 사태인이 이유를 묻는 눈빛이었다.

악초군이 빙긋 웃으며 말했다.

"술 한잔하자고 저를 찾아왔지 뭐예요. 그래서 마침 오늘 만찬이 있으니 그때 같이하자고 했지요."

통나무에 호피를 덮어서 만든 등받이에 등을 기대고 앉아 있는 대칸 아르게이는 매우 심각한 표정이었다.

그의 맞은편에는 소식을 듣고 부랴부랴 찾아온 듯 보이는 장로들이, 즉 크고 작은 부족의 족장들이 둘러앉아 있었는데, 그들도 심각한 표정으로 앉아 있었다.

다급히 안으로 들어서다가 그 모습을 확인한 거란족의 칸 하르브르깃은 어쩔 수 없이 눈치를 보며 묵묵히 그들 곁에 자리를 잡고 앉았다.

나름 서두른다고 서둘렀으나, 그가 가장 늦은 것이다.

그러나 하르브르깃은 한없이 무거운 장내의 분위기를 깨야 할 사람은 다른 누구도 아닌 자신이라는 사실을 익히 잘 알고 있었다.

이유 여하를 막론하고 여진족이 철수한 이면에는 마교총단의 이공자 악초군이 있었고, 지금 이 자리에서 어떤 식으로든 직접적으로 마교와 연관된 사람은 그 자신 하나밖에 없었다.

도둑이 제 발 저리는 것인지는 모르겠으나, 안으로 들어서는 그를 바라보는 좌중의 시선이 싸늘하게 느껴지는 것은 아마도 그 때문일 것이다.

하르브르깃은 애써 마음을 다잡고 말문을 열었다.

"여진족이 철수하고 있다는 얘기를 듣고 달려왔소. 이게 대체 무슨 상황인 거요, 대칸?"

아르게이가 잠시 하르브르깃을 바라보며 침묵했다. 그러다가 그는 이내 작심한 듯한 표정을 짓고는 하르브르깃이 아니라 좌중을 둘러보며 말했다.

"모두 잘 들으시오. 얼마 전 마교총단의 이공자인 악초군, 악

공자가 나를 찾아와서 서로에게 도움이 되는 사람이 되자고 제 안했소. 나는 어차피 마교의 힘을 빌린 터라 그 얘기를 그저 서로간의 유대를 위한 형식적인 의미로 인식하고 그 자리에서 기꺼이 그러마 하고 그의 손을 잡았소. 그런데……!"

아르게이는 못내 조금 분한 모양이었다.

그 분노가 자기 자신에 대한 것인지 악초군에 대한 것인지는 모르겠지만, 지그시 어금니를 악물며 말을 이어 나갔다.

"악 공자의 의미는 내 생각과 조금 달랐던 모양이오. 이후에 다시 나를 찾아와서는 대뜸 도르곤 칸을 제거하는 게 어떻겠냐고 제안했소. 향후 중원을 관리하는데 도르곤 칸처럼 고지식한 사람은 매우 거추장스럽다는 것이 그 이유였고, 쥐도 새도 모르게 처치할 테니, 다른 걱정 말고 맡겨만 달라고 했소."

좌중이 크게 술렁였다.

감히 나서지는 못하고 있지만, 그간 매사를 공개적으로 투명하게 밝히고 모두의 의견을 수렴하던 아르게이에게 못내 배신감을 느끼는 분위기였다.

그 바람에 아르게이의 말이 잠시 끊어졌다.

좌중의 분위기를 의식한 듯 차갑게 식어 가는 기색이었다.

매사를 예하의 모두와 논의한다고 해서 그게 아르게이의 우유부단함이나 나약함을 의미하는 것은 아니었다.

그건 단순히 아르게이의 배려일 뿐이었다.

아르게이는 누가 뭐래도 맹수처럼 호전적인 성격을 타고난 타타르족 최고의 야망가이자, 포식자인 것이다.

그런데 사람들은 때론 우둔하게도 종종 오해할 때가 있다.

지속적으로 배려를 받으면 그게 자신들의 권리라고 착각한
다.

지금이 그랬다.

다들 분위기에 휩쓸려서 아르게이의 본성을 망각하고 있었
다. 그러나 한 사람, 하르브르깃은 그런 장내의 분위기에 조금
두 휩쓸리지 않았다.

꽝-!

하르브리깃은 자신의 면전에 있는 탁자를 손으로 거칠게 내
려쳐 박살 내며 자리를 박차고 일어나서 사납게 소리쳤다.

"지금 뭣들 하는 것인가? 지금 대칸이 말씀하고 계시다! 누
가 감히 대칸의 말씀을 끊는 것인가?"

웅성거리던 좌중이 찬물을 끼얹은 듯 조용해졌다.

분위기에 휩쓸려서 잠시 대칸의 신위와 위용을 망각했던 좌
중의 모두가 하르브르깃의 일갈에 정신을 차린 것이다.

하르브르깃은 그제야 다시 자리에 앉으며 아르게이를 향해
고개 숙여 사과했다.

"죄송합니다. 주제넘게 나섰습니다. 계속 말씀하십시오."

싸늘하게 식어 가던 아르게이의 눈빛이 서서히 온화하게 변
해 갔다.

그 상태로, 그가 다시 얘기를 이어 나갔다.

"나는 그제야 무언가 서로간에 오해가 있다는 것을 깨닫고 악 공자에게 물었소. 대체 내게 바라는 것이 무엇이냐고. 그랬더니 악 공자가 그러더이다. 전에 얘기하지 않았느냐고, 향후 자신이 중원천하를 가졌을 때 나를 황제의 용상에 앉혀주겠다고 했으니, 사전에 눈에 거슬리는 자는 처리하는 게 옳지 않느냐고 말이오."

"……!"

"나는 그때서야 악 공자의 저의를 깨달았소. 전날 그가 내게 손을 내밀었던 의미는 서로간의 유대를 위한 형식적인 의미의 인사가 아니었소. 내가 무지했던 건지, 아니면 그가 의도적으로 말을 흐린 것인지는 모르겠으나, 그의 말인 즉, 나를 일인지하 만인지상에 앉혀 줄 테니, 자신을 따르라는 소리였던 거요. 흐흐……!"

아르게이는 자못 음흉맞은 웃음을 흘렸다.

그의 본성이 슬며시 고개를 쳐드는 것을 보였으나, 그는 이내 격정을 누르며 잠잠해졌다.

그리고 싸늘해 보일 정도로 무심하게 변해서 다시 말을 이어나갔다.

"악 공자의 저의를 확실히 이해한 나는 우선 도르곤 칸을 제거하자는 그의 말부터 거절했소. 그리고 기본적으로 시간을 과거로 돌려서 그와 나의 관계를 다시 정립하기 위해 그가 과거 내게 했던 얘기를, 바로 나를 일인지하 만인지상의 자리에 앉혀 주겠다는 제안을 잠시 생각해 보겠다고 선을 긋고 그를 돌려보냈소. 그런데 오늘 악 공자가 일을 냈소. 내 말을 무시하고 도르곤 칸을 암습한 거요. 지금 지금 백방으로 수소문하고 있으나, 아직도 도르콘 칸의 생사는 불투명하오."

좌중이 다시금 크게 술렁거렸다.

그러나 이번의 아르게이는 냉정함을 유지하고 있었다.

지금의 동요는 앞서의 동요와 달리 그에 대한 것이 아니라 악초군에 대한, 더 나아가서 마교에 대한 적의였다.

그 때문이었다.

졸지에 하르브리깃의 입장이 난처해졌다.

악초군은 물론, 마교와의 관계를 끊어야 한다는 얘기부터 시작해서, 아예 마교와 전면전을 불사하자는 얘기까지 나오고 있었다.

탁탁-!

아르게이가 손바닥으로 가볍게 탁자를 두들겨서 이목을 끊었다.

좌중의 동요가 가라앉으며 모두의 시선이 그에게 쏠렸다.

아르게이가 그 순간에 대뜸 하르브리깃에게 시선을 던지며 말했다.

"그래서 이제 나 아르게이의 선택은 당신 하르브리깃 칸의 결정에 달렸소."

하르브리깃은 절로 눈이 커졌다.

아닌 밤중에 홍두깨도 유분수지, 지금 이게 대체 무슨 소리란 말인가.

"무슨 말씀이신지……?"

아르게이가 거두절미하고 무심한 듯 냉정한 목소리로 말했다.

"하르브리깃 칸이 지금처럼 마교의 칠공자 야율적봉과의 관계를 계속 유지한다면 나는 어쩔 수 없이 내 말을 어기고 도르곤 칸을 암습하기까지 한 이공자 악초군의 손을 잡아야 하오. 초록은 동색이라, 이이제이(以夷制夷)까지 염두에 두어야 하기 때문이오."

초록은 동색이라고 말하는 것은 야율적봉도 어차피 악초군과 다르지 않다는 뜻이고, 이이제이를 염두에 둔다는 의미는 언제고 야율적봉을 상대하려면 악초군이 있어야 한다고 생각한다는 뜻이었다.

"……!"

하르브르깃은 절로 창백해졌다.

머릿속까지 하얗게 변해서 선뜻 그 어떤 대답도 떠오르지 않고 있었다.

그로서는 아르게이가 이런 식의 생각을 하고, 또 이런 식의 결단을 내릴 줄은 진정 꿈에도 상상하지 못한 일인 것이다.

아르게이가 그런 그를 냉정하게 바라보며 다시 말했다.

"참고로 하르브르깃 칸이 야율적봉을 비롯한 야율가와의 관계를 끊겠다면 바로 오늘이 적기요. 하르브르깃 칸이 오늘 저녁에 벌어질 만찬에서 그들과의 관계를 끊겠다고 선언한다면 나 역시 그 자리에서 그들과의 관계를 무로 돌릴 것임을 선언할 거요."

그는 재우쳐 물었다.

"그럴 수 있겠소?"

좌중의 시선이 하르브르깃에게 고정되었다.

다들 아르게이의 의견에 동조하는 눈빛들이었다.

'악 공자는 물론, 야율 공자도 대칸 아르게이의 그릇을 너무 작게 보았다.'

하르브르깃은 왠지 모르게 찬물을 들이켠 것처럼 속이 다 시원했다.

한마디로 통쾌했다.

이전이었다면 모르겠으나, 지금은 그랬다.

다른 한편으로 눈앞에서 죽어 가는 동생을 보면서도, 동생을 죽이고 웃는 야율적봉을 보면서도 애써 웃는 낯을 드러내야 했단 자신을 돌아보며 부끄러워서 몸 둘 바를 몰랐다.

그런 자신에 비하면 아르게이는 백 배, 아니, 천 배 더 큰 그릇이라는 생각도 들었다.

그래서 그는 이전 같았으면 감히 상상도 하지 못할 일임에도 불구하고 자신 있게 대답했다.

"물론이오! 이 사람 하르브르깃은 기꺼이 대칸의 결정을 따르겠소!"

•••

같은 시간, 아르게이를 비롯한 몽고의 일족들이 사태를 전해 듣고도 생사를 파악하지 못하고 있는 여진족의 칸 풀라흔도르 곤은 죽지 않았다.

다만 그 자신조차 알 수 없는 모처에서 죽을 것 같은 얼굴로 사정하고 있었다.

"아프다. 좀 살살할 수 없겠냐?"

전체적으로 어둡고 침침한 방이었지만, 지금 그가 누워 있 는 탁자만은 그렇지 않았다.

등롱의 한쪽을 터서 한곳으로만 비출 수 있게 되어 있는 장 명등(長明燈) 다섯 개가 탁자에 누워 있는 그만을 비추고 있었기 때문이다.

정확하게는 그의 가슴이었다.

무언가에 집중할 필요가 있는 사람이 그렇게 하듯이 모든 장명등이 그의 가슴을 비추고 있고, 그 속에서 핏물에 젖은 붉 은 두 손이 바쁘게 움직이고 있었다.

너덜너덜하게 뜯겨진 그의 가슴을 치료하고 있는 것이다.

그의 가슴을 치료하고 있는 그 손의 주인은 바로 악초군의 손에서 죽기 직전이던 그를 구해서 빠져나온 흑의청년이었다.

그가 풀라흔도르곤의 사정을 듣고는 짜증을 내듯 면박을 주었다.

"엄살 피지 말고, 그 입 좀 닥쳐 줄래? 안 그러면 확 그냥 내장하고 살하고 같이 꿰매 버리는 수가 있다?"

풀라흔도르곤이 웃었다.

그리고 그 때문에 다시 아파진 듯 오만상을 찡그리며 말했다.

"얘가 도마에 오른 생선을 보고 협박을 하네. 야, 도마에 오른 생선이 두려움을 느끼겠냐? 아플 뿐이지. 지금 나도 그래. 그저 아플 뿐이고, 아픈 게 싫을 뿐이다. 살살 좀 해라 제발!"

흑의사내가 눈을 부라리며 윽박질렀다.

"그러게 마혈을 봉하자고 했잖아! 네 싫다며!"

풀라흔도르곤이 쩝쩝 입맛을 다시며 대답했다.

"아무리 그래도 내 몸이 내 의지와 다르게 아픈 것도 못 느끼는 것은 또 싫어서 말이야."

"정말 아픈 게 어떤 건지 한번 느껴 볼래?"

"아서라. 이미 충분히 느꼈다. 그 자식 손이 가슴을 파고들 때 내가 얼마나 아팠는지 알아?"

"으이그! 너 잘났다! 네 똥 굵다 그래!"

흑의사내가 어이없다는 듯 웃으며 유치한 욕설을 쏘아붙였다. 그러면서도 그의 손은 조금도 쉬지 않고 빠르게 움직이고 있었다.

풀라흔도르곤의 가슴을 파고든 악초군의 손은 비록 폐부에 닿지는 않았지만, 그 직전의 모든 것을 갈기갈기 찢어 놓았고, 내장의 일부도 손상시켜 버린 상태였다.

게다가 거의 반시진 동안을 전력을 다해서 내달리는 흑의사내의 어깨에 엎어진 상태로 거칠게 흔들려서 상처가 심하게 악화되었다.

마치 절구에 넣고 찧은 밀반죽처럼 찢기고 뜯긴 상처들이 하나처럼 뒤엉켜 붙어 버렸다.

실로 급히 서두르지 않으면 상처가 그대로 달라붙은 채 곪고 썩어서 설령 대라신선이 와도 생명을 보장할 수 없는 상황이었던 것이다.

그러나 그런 자신의 상태를 아는지 모르는지, 홀라흔도르곤은 흑의사내가 끝내 두 손 들고 항복해 버렸음에도 불구하고 입을 쉬지 않았다.

"야, 그래도 내가 명색이 여진족의 칸이고, 너는 고작 나를 지키는 호위무사에 불과한데, 네 똥 굵다가 뭐냐, 네 똥 굵다가? 집 쫓겨난 개처럼 오갈 데 없이 비리비리하게 굴러다니는 놈을 데려다가 사람구실 하도록 만들어 준 은인에게 그따위 막말을 해서야 어디 쓰겠냐?"

흑의사내가 연신 두 손을 바쁘게 놀리면서도 어이없다는 듯이 웃으며 대꾸했다.

"가슴이 아니라 머리가 상한 거냐? 내가 중원무림의 전설이요, 대내무반의 최고수들만 모인 금의위에서도 최소한 열 손가락 안에 들어야 하는 대외첩보부의 요원이라는 사실을 알면서도 입에서 그런 말이 나오냐?"

"중원무림의 전설은 개뿔……!"

풀라흔도르곤이 물러서지 않고 말꼬리를 잡았다.

"중원무림의 전설들이 다 얼어 죽었냐? 고작 무림사마의 하나인 주제에 무슨 전설을 노래처럼 불러 재껴? 그리고 네가 금의위의 요원이 된 것도 묘수공공 허완종과의 경공술 내기에서 져서 억지로 끌려간 거라고? 그래 놓고 무슨…… 악!"

쉬지 않고 나불거리던 훌라흔도르곤이 뾰족한 비명을 내지르며 파르르 진저리를 쳤다.

흑의사내가, 바로 무림사마의 하나인 무영천마 광소가 손바닥으로 그의 상처를 두드렸기 때문이다.

"휴, 됐다. 조금만 늦었어도 똥구멍이 아니라 입으로 똥 싸는 처지가 됐다는 것만 알고 그만 입 닥쳐라, 너는."

자못 눈을 부라리며 쏘아붙인 광소는 이마에 흥건한 땀을 소매로 닦으며 물러나서 뒤편에 있던 의자에 털썩 주저앉았다.

실로 기진맥진한 듯 그리도 바삐 놀리던 두 손마저 삶아놓은 시래기처럼 아래로 축 늘어트리고 있었다.

거칠고 투박한 말과 달리 그가 얼마나 진심으로 심혈을 기울여서 풀라흔도르곤의 상처를 치료했는지가 여실히 드러나는 모습이었다.

풀라흔도르곤이 슬쩍 머리를 들어서 그런 광소를 일별하고는 히죽 웃으며 말했다.

"수고했다. 별 볼 일 없는 목숨 살리느라."

그리고 그는 그대로 정신을 잃으며 혼절해 버렸다.

몽고의 발호 이십팔 일째 날 저녁 (1)

풀라흔도르곤이 혼절에서 깨어났을 때, 무영천마 광소는 혼
자가 아니었다.

두 명의 사내와 마주앉아서 담소를 나누고 있었다.

풀라흔도르곤은 눈을 뜨지 않았다.

너무 놀라고, 적이 당황해서 그랬다.

지금 여기서 들려서는 안 되는 목소리를 들려오고 있었다.

바로 대칸 아르게이의 장자방인 여진족의 대현자 바얀부이
르의 목소리였다.

"그는 달라. 자신의 힘을 과신하지도 않고, 주제를 넘어서는
행동을 하는 경두도 매우 드물지. 경우에 따라서 과격하고 또
포악하게 구는 것처럼 보이지만, 그게 계산된 행동이야. 자신의

능력을 제대로 이해하고 잘 활용한다고나 할까?"

낯선 사내가 말을 받았다.

"속이 깊고 심계에 능해서 누구처럼 절대 터놓고 지낼 수 없는 사람이라는 건가?"

광소가 불쾌하다는 목소리로 끼어들며 물었다.

"설마 그 누구가 도르곤 칸을 의미하는 건 아니지?"

낯선 사내가 대답하지 않고 침묵했다.

바얀부이르가 그를 대신하듯 나서며 말했다.

"그럴 걸 아마? 내가 아직 너에게 대해서 제대로 얘기해 주지 않았거든. 네 앞에서 얘기하려고."

낯선 사내가 물었다.

"뭐가 더 있는 거지?"

바얀부이르가 말했다.

"광소는 나와 다르네, 어디까지나 중립일세. 중원의 편도 몽고의 편도 아니야. 여태 그랬네. 그 어느 곳에도 이득이 되는 정보를 넘기지 않았어. 도르곤 칸도 그걸 알기에 광소를 인정하고 순수한 우정을 다진 걸세."

"음."

낯선 사내가 침음을 흘리며 물었다.

"그럼 도르곤 칸을 지키는 보이지 않는 그림자가 바로 광소, 저 친구를 말하는 거였군그래."

바얀부이르가 인정했다.

"맞네. 그래서 나는 차라리 작금의 사태가 잘 되었다고 보네. 내가 보기엔 그간 광소도 고민이 많았거든. 조국에 대한 충성과 친구에 대한 의리 사이에서 말이야."

광소가 코웃음을 치며 끼어들었다.

"흥! 난 그따위 것들은 모르고, 상관도 하지 않아. 그저 내 곁을 지킬 뿐이지."

낯선 사내, 아직 풀르흔도르곤은 모르고 있지만, 금의위 대영반 단목진양이 물었다.

"지금 자네 곁에 있는 사람은 바로 도르곤 칸이니, 그럼 도르곤 칸이 아직도 여전히 중원 침공에 뜻이 있다면 자네의 칼날은 중원을 향하겠군."

광소가 대수롭지 않게 대꾸했다.

"그리 거창한 소리 하지도 마. 난 그저 친우인 도르곤 칸을 지킬 뿐이지, 다른 건 아무래도 상관없으니까."

단목진양이 물었다.

"도르곤 칸의 의중은 어떤가?"

광소는 추호의 망설임도 없이 대꾸했다.

"내가 그렇다면 도르곤 칸도 그리 생각할 거야. 그간 서로간에 그 정도 의리는 쌓았다고 생각해."

"아니, 그게 아니라……."

단목진양이 재우쳐 다시 물었다.

"도르곤 칸이 아직도 중원에 뜻을 두고 있는가를 묻는 걸세."

"그야 나는 모르지."

광소는 어깨를 으쓱하며 잘라 말했다.

"직접 물어봐."

그러고는 슬쩍 고개를 돌려서 풀라흔도르곤에게 자못 곱지 않은 눈빛을 던지며 쏘아붙였다.

"깨어났으면 깨어났다고 기척을 낼 것이지 뭘 그리 얍삽하게 숨죽이고 있어. 이제 움직일만 할 테니까 어서 이쪽으로 와. 듣고 보니 나도 궁금하다 네 생각이."

"험험."

풀라흔도르곤은 짐짓 헛기침을 하며 일어나다가 상처의 고통으로 미간을 찌푸리며 잠시 멈추었고, 이내 애써 웃는 낯으로 다시 일어나서 그들 곁으로 나서며 말했다.

"얍삽해서가 아니라 너무 놀라서 그러지. 대칸 아르게이의 장자방이자 타타르족이 인정하는 대현자 바얀부이르가 중원의 첩자노릇을 하고 있었다니, 정말 상상도 못한 일이잖아."

바얀바이르와 단목진양의 안색이 굳어졌다.

풀라흔도르곤이 이미 깨어나 있었다는 사실도 그렇지만, 그에 앞서 그들은 전혀 감지하지 못한 그것을 광소가 먼저 파악했다는 사실에 적잖게 놀란 것이다.

이건 어떻게 생각해도 지난바 무공의 화후라는 측면에서 광소가 그들보다 월등히 앞선다는 방증이기 때문이다.

그런 그들의 속내를 아는지 모르는지, 광소는 태연하게 피식 웃으며 풀라흔도르곤의 말을 받았다.

"왜? 아르게이에게 쪼르르 달려가서 불게?"

풀라흔도르곤이 그의 옆에 자리를 잡고 앉으며 대답했다.

"잘하면 대칸 아르게이의 튼실한 신임도 얻고, 덩달아 무언가 크게 보상받지 않을까?"

광소가 끌끌 혀를 찼다.

"아르게이를 위협하는 몽고의 이인자인 여진족의 칸인 주제에 별 같잖은 소리를 다하네. 아무려나, 네가 그러면 나도 다른 오해 안 받고 편해져서 좋긴 하겠다. 그 즉시 나도 네 곁을 떠나서 중원으로 돌아갈 수 있을 테니까."

풀라흔도르곤이 이맛살을 찌푸리며 물었다.

"내가 그런다고 네가 왜 그럴 수 있다는 건데?"

광소가 어깨를 으쓱이며 대수롭지 않게 대꾸했다.

"도르곤 너처럼 어쨌거나 쟤도 내 친구거든."

풀라흔도르곤이 미심쩍은 표정으로 눈가를 좁히며 광소를 응시했다.

"네가 언제부터 바얀부이르하고 그리 친하게 지냈다고 그래?"

광소가 실소했다.

"너는 아직도 쟤가 바얀부이르로 보이냐?"

풀라흔도르곤이 이제야 자신의 판단에 약간의 오류가 있음을 간파하고는 새삼스러운 눈빛으로 바얀부이르를 살펴보았다.

바얀부이르, 바로 묘수공공 허완종이 어색한 미소를 흘리며 공수했다.

"허완종이라고 하오. 아마 들어 본 이름일 거요."

풀라흔도르곤의 눈이 커졌다.

"허완종? 경공술내기에서 져서 질질 짜는 광소, 저 녀석을 금의위로 끌고 들어간 그 묘수공공 허완종?"

허완종이 인정했다.

"질질 짜지는 않았지만 매우 싫어하긴 했지요."

풀라흔도르곤이 여전히 미심쩍은 감정이 담긴 눈빛으로 허완종을 샅샅이 훑어보며 말했다.

"묘수공공 허완종이 그 정도로 전륜한 역용술을 익혔다는 얘기는 듣지 못했소만?"

허완종이 머쓱하게 웃는 낯으로 자신의 볼을 꼬집어서 잡아당기며 대답했다.

"이건 내 솜씨가 아니오."

"당신 얼굴을 가지고 당신 솜씨가 아니라니, 그게 무슨 말이오?"

"사정이 그렇게 됐소. 우리 금의위의 일원 중에는 별별 특이한 사람이 많은데, 그중의 한 사람의 솜씨요. 자칭 천면서생(千面書生)이라는 금의위의 교두인데, 실로 역용술의 대가라 이리 완벽하게 바얀부이르의 얼굴로 바꾸어 놓았지 뭐요. 그래서 이건 이제 내가 바꾸고 싶어도 바꿀 수가 없소. 언제 끝날지 모르지만, 임무를 끝내고 중원으로 돌아가야만 바꿀 수 있는 얼굴이오."

사실이었다.

지금은 몰라도 당시의 금위위는 천하에서 가장 뛰어난 교두(敎頭)들을 보유한 집단이었다.

대내무반의 인재로도 부족하면 구대문파의 제자들은 물론, 강호무림의 고수들까지 초빙해서 위사들을 수련시키는 교두로 삼았던 곳이 바로 금의위였기 때문이다.

허완종이 말하는 천면서생도 바로 그중의 하나였는데, 당연하게도 가명이었다.

실제 천면서생의 정체는 바로 당시 전설적인 독행대도인 천면호리였다.

어딘가에 매이는 것이 싫어서 독행대도로 살아가던 천면호리가 교두가 되어 달라는 금의위의 제안을 수락한 것에는 나름의 비사가 있었다.

당시 천면호리는 자신의 제자를 키울 무공을 구하기 위해서 황궁무고를 털려는 계획을 가지고 있었는데, 때마침 금의위 영반이 그를 찾아와서 금의위의 교두가 되어 달라는 제안을 했던 것이다.

천면호리는 금의위의 제안을 수락했고, 마침내 황궁무고에 잠입하는 데 성공했다.

하지만 황궁무고를 벗어나지는 못했다.

결국 황궁무고를 지키는 금의위 하들에게 잡혀서 죽어 버렸기 때문이다.

그 때문이었다.

허완종의 말을 듣는 단목진양의 표정은 썩 좋지 않았다.

허완종은 아직 모르고 있지만, 그는 천면호리의 죽음을 이미 알고 있는 것이다.

'뭐 어떻게든 되겠지.'

단목진양이 때 아니게 엉뚱한 걱정이 들어서 쓰게 입맛을 다시는 참인데, 풀라흔도르곤이 이제야 납득한 듯 고개를 끄덕이며 난감한 표정을 지었다.

"사실이 그렇다면 여태 지킨 의리가 아까워서라도 고자질은 안 되겠군. 실로 아쉽게 되었군그래."

광소가 자못 눈을 부라렸다.

"아쉽냐?"

풀라흔도르곤이 마주 눈을 부라렸다.

"좀 새겨들어라! 말이 그렇지 뜻이 그러냐?"

허완종이 그들 사이에 끼어들어서 말했다.

"나와는 별개로 도르곤 칸은 이미 대칸 아르게이에게 막대한 신뢰를 쌓고 있었소. 조금 전에 들은 정보에 따르면 대칸 아르게이가 마교와의 인연을 끊기로 결정했다고 하오."

"……!"

풀라흔도르곤의 눈이 커졌다. 그러고는 이내 시간의 흐름을 망각하고 있던 자신의 실태를 깨달은 듯 광소를 향해 서둘러 물었다.

"내가 얼마나 기절해 있었지?"

광소가 어깨를 으쓱하며 대답했다.

"대략 두 시진 정도?"

풀라흔도르곤이 그리 길지 않은 시간이었다는 사실에 안도하는 표정으로 다시 물었다.

"우리 애들은?"

광소가 역시나 대수롭지 않게 대꾸했다.

"일단 사람을 보내서 몽고진영에서 벗어나라고 했어."

"물론 에지고고매에게 연락한 거겠지?"

"그야 당연하지. 내가 믿을 사람이 너 빼면 그 아가씨밖에 없잖아."

풀라흔도르곤이 끌끌 혀를 찼다.

"또 그런다. 고고매에게 한 번 더 엉덩이를 걷어차이고 싶어서 그래?"

몽고어로 에지는 '딸'이고 고고매는 '봉황'이다.

즉, 지금 그들이 말하는 에지고고매는 '봉황의 딸'이라고 불릴 정도로 뛰어난 여자이고, 실제로 여진족의 이인자이며, 단순히 무공의 고하로만 따진다면 풀라흔도르곤보다 윗길에 있는 여전사였다.

비록 기습적이었고, 광소가 어느 정도 봐준 것이긴 하나, 과거 광소는 그녀를 두고 아가씨라고 했다가 엉덩이를 걷어차인 경험이 있는 것이다.

"흐흐, 그러니 앞에선 절대 안 그러지. 그 아이 성질을 내가 잘 아는데 앞서 그러겠냐. 흐흐……!"

풀라흔도르곤이 새삼 광소를 향해 혀를 차고는 이내 다시금 진지해져서 말했다.

"고고매가 나섰다면 꽤나 빠르게 서둘렀겠군. 원래 이번 중원 진출에 뜻이 없던 아이였으니까."

"아무래도 그렇겠지. 벌써 거의 다 밖으로 떠났을 걸 아마?"

"그럼 악 공자와 야율 공자를 비롯한 마교의 인물이 회동하는 만찬은 어떻게 됐나? 최소된 건가?"

"아니, 그냥 할 것 같다고 하던데?"

선뜻 대답한 광소의 시선이 허완종에게 돌려졌다.

풀라흔도르곤의 시선도 그를 따라갔다.

허완종이 그들의 시선에 반응해서 말했다.

"그대로 진행될 거요. 대칸 아르게이가 그 자리에서 마교와의 결별을 선언하겠다고 하오."

풀라흔도르곤이 고개를 갸웃하며 물었다.

"틀린 정보는 아니라고 믿소만, 다시 들어도 조금 이상하구려. 거란족의 뒤에는 마교의 야율 공자가 있소. 거란족의 칸 하르브르깃은 야율가의 가신 가문 출신으로, 야율 공자를 등질 수 없는 인물인데, 대칸 아르게이가 어찌 그런 결정을 내렸다는 건지 납득하기 어렵구려."

허완종이 아는 바를 말했다.

"내가 그 자리에 없었기에 잘은 모르겠지만, 대칸 아르게이가 하르브르깃에게 야율 공자와의 결별을 요구했고, 하르브르깃이 수긍하고 받아들였다고 하오."

"음."

풀라흔도르곤이 묵직한 침음을 흘렸다.

아무래도 그로서는 여전히 믿기 어려운 얘기인 것 같았다. 그리고 그는 다른 한편으로 걱정했다.

"악 공자나 야율 공자가 대칸 아르게이의 선언을 어떤 식으로 받아들일지 모르겠군."

허완종이 그런 풀라흔도르곤의 걱정과 무관하게 굳은 안색으로 바라보며 불쑥 입을 열었다.

"그보다 정작 중요한 것은 귀하, 도르곤 칸의 선택이 아닌가 싶소."

그는 재우쳐 물었다.

"말해 주시오, 도르곤 칸. 귀하는 이제 어떤 선택을 하겠소? 여전히 이번 전쟁에 나설 생각이 있소, 아니면 여기서 물러설 거요?"

풀라흔도르곤은 추호도 망설이지 않고 대답했다.

"중원은 꿈이지만, 마교는 현실이오. 나는 꿈 때문에 현실을 외면하는 사람이 아니오. 내게 복수는 의무니까!"

여기서 물러나겠다는 소리였다.

적어도 중원 진출보다는 마교에 대한 복수가 우선이라는 뜻이었다.

허완종이 묵묵히 고개를 끄덕이며 단목진양에게 시선을 돌렸다.

담목진양이 빙그레 웃는 낯으로 마주 고개를 끄덕이며 말했다.

"그렇다면 소개해드릴 분이 있소."

단목진양의 말이 끝나기 무섭게 아무런 기척도 없이 그들의 곁에 한 사람이 나타났다.

몸에 달라붙은 짙은 검은색 의복, 이른바 흑의무복에 그만큼이나 검은 피풍을 걸친 젊은 사내였다.

다만 그림자처럼 검은 일색의 모습과 달리 사내의 머리는 은빛 광채가 흘렀다.

온통 검은색 속에서 머리카락만은 백설처럼 빛나는 은발(銀髮)이었기 때문인데, 너무나도 대조를 이루어서 마치 은빛 보관(寶冠)을 쓴 것처럼 눈부시게 보였다.

게다가 더벅머리 은발 아래 자리한 짙은 눈썹과 늪처럼 깊이를 모르게 그윽한 눈동자, 그리고 오뚝한 콧날 밑으로 선이 짙은 입술과 턱의 조화가 그에 어울리는 수려한 용모를 자아내는데, 머리를 제외한 전부가 어둠처럼 짙은 검은색이라 빛과 어둠의 경계인 얼굴은 일면 밝고 일면 어둡게 그늘져서 실로 귀기(鬼氣)가 흐르는 것 같은 느낌이 들었다.

설무백이었다.

장내가 침묵 속에 빠졌다.

물이라도 뿌린 것처럼 고요했다.

풀르흔도르곤만이 아니라 광소는 물론이고 단목진양과 함께 온 허완종마저도 그대로 얼어붙어 버린 것 같은 모습이었다.

설무백의 갑작스러운 등장과 그 독특한 용모가 순간적으로 그들, 모두를 압도해 버린 것이다.

설무백은 그런 그들을 향해 특유의 미온한 미소를 드러내며 정중히 공수했다.

허완종이 불쑥 그의 말을 가로챘다.

"누군지 알겠군."

광소가 짧게 동조했다.

"나도."

풀라흔도르곤도 고개를 끄덕이며 말꼬리를 잡았다.

"모를 수가 없는 인물이군."

설무백이 머쓱해진 표정으로 공수했다.

"설무백이라고 하오."

모두가 그럴 줄 알았다는 듯 고개를 끄덕이고 있었다.

단목진양이 그런 좌중의 반응에 설무백보다도 더 머쓱해진 표정이 되어서 말했다.

"미리 말해 주지 않은 점 미안하네."

허완종을 향해 하는 말이었다.

허완종이 이제야 어느 정도 여유를 되찾은 듯 대수롭지 않게 웃는 낯으며 대꾸했다.

"상황이 상황이니 이해하네."

"이해해 주니 고맙네."

단목진양이 짧게 대꾸하고는 이내 왠지 모르게 계면쩍은 낯빛으로 변해서 고개를 숙였다.

"그리고 미안하네."

허완종이 난데없는 단목진양의 사과에 절로 고개를 갸웃했다.

당최 이유를 모르는 것이다.

단목진양이 그에 아랑곳하지 않고 풀라흔도르곤과 광소를 번갈아보며 거듭 사과했다.

"자네에게도, 그리고 도르곤 칸에게도 사과하겠소. 진심으로 미안하오."

풀라흔도르곤과 광소가 뭐지 하는 표정을 짓는 사이, 허완종의 안색이 변했다.

이제야 무언가 감을 잡는 것이다.

"자네 설마……?"

단목진양이 말을 자르며 대꾸했다.

"설마가 아니라 사실이 그렇네. 설 공자는 자네의 일을 도와

줄 분이기도 하고, 오늘 내 일을 도와주실 분이기도 했다네."

"음."

허완종이 침음을 흘렸다.

단목진양이 그런 그를 외면하며 플라흔도르곤에게 시선을 주었다.

플라흔도르곤도 이제는 무슨 내막인지 짐작이 가는 듯 안색이 딱딱하게 굳어져 있었다.

단목진양이 애써 미소를 보이며 말했다.

"이제 짐작했겠지만, 도르곤 칸의 결정이 달랐다면, 도르곤 칸은 오늘 이 자리에서 죽었을 거요. 이번 전쟁을 보다 더 유리하게 이끌려면 그것이 불가피하다는 것이 내가 모시는 어른의 생각이었고, 저분은 나를 도와주기 위해 나선 것이니 말이오."

플라흔도르곤이 어색한 미소를 흘리며 대답했다.

"나도 명색이 일족을 이끄는 사람이오. 그래서 충분히 이해가 되는 상황이긴 하지만, 당사자가 되고 보니 썩 좋은 기분은 아니구려."

"거듭 사과드리겠소. 그리고 이해해 줘서 고맙소."

단목진양이 재차 고개 숙여 사과하는 참인데, 광소가 비틀린 미소를 지으며 이죽거렸다.

"한데, 너무 단정한 거 아닌가? 허 가 저 녀석이야 이래저래 놀라고 당황한 나머지 머뭇거릴 테지만, 나는 기체 없이 나섰을 텐데 말이야."

광소의 시선은 단목진양이 아니라 설무백에게 고정되어 있었다.

　설무백의 대답을 듣고 싶은 모양이었다.

　설무백은 그저 흐린 미소를 지을 뿐, 대답하지 않았다.

　대신 다른 사람의 칼칼한 목소리가 그를 대신해서 대답했다.

　"시험 삼아 너부터 죽여 주랴?"

　광소가 그대로 얼어붙어 버렸다.

　설무백을 대신한 목소리가 그의 뒤에서 들려왔던 것이다. 그는 보지 못하고 있지만, 그의 뒤에서는 붉은 안개가 일어나 짙어지면서 사람의 모습으로 변하는 광경이 펼쳐지고 있었다.

　설무백을 따라온 혈뇌사야의 등장이었다.

　허완종이 대번에 그를 알아보며 경악했다.

　"혈뇌사야!"

　광소가 그 말에 반응한 것처럼 순간적으로 흐릿해지는 속도로 거리를 벌리며 돌아서서 혈뇌사야를 확인했다.

　공격에 대비해서 반격을 준비하는 동작이었다.

　혈뇌사야가 순수하게 감탄했다.

　"오, 제법 빠르기는 하군."

　광소가 도끼눈을 떴다.

　"빠르기만 할까?"

　혈뇌사야가 누런 이를 드러내며 히죽 웃었다.

　"가소롭게 굴기는…… 내가 죽이고자 했다면 너는 이미 죽었다. 내가 기척을 내지 않았어도 네가 피할 수 있었을 것 같으냐?"

광소가 얼굴을 붉혔다.

그도 방금 전의 상황에서는 자신이 막지 못했을 것으로 느끼는 것이다.

그러나 그걸 인정하기에는 그의 자존심이 허락하지 않았다. 그는 더욱 싸늘해진 눈빛으로 혈뇌사야를 노려보며 힐난했다.

"비겁하게 뒤에서 기습하려둔 주제에……!"

혈뇌사야가 어이없다는 듯이 웃으며 손가락질했다.

"너 흑도의 인물 아니었냐? 흑도의 녀석이 그따위 생각을 가져도 되는 거야?"

광소가 지지 않고 냉소를 날렸다.

"흑도에는 뭐 법도도 없는 줄 알아! 흑도에도 흑도만의 법도가 있다! 하긴, 마도의 늙은이가 어찌 그걸 알까! 모르는 게 당연하지!"

혈뇌사야가 싸늘해진 기색으로 자못 두 눈을 가늘게 좁히며 광소를 노려보았다.

"어쭈? 이 어린놈의 새끼가 어른에게 반말 짓거리를 다 하네? 게다가 뭐? 늙은이? 너 정말 이대로 여기서 죽고 싶으냐?"

광소가 긴장했다.

장난처럼 혹은 농담처럼 가볍게 말을 건네고 있지만, 은연중에 풍기는 혈뇌사야의 살기를 충분히 느끼고 있는 것이다.

풀라흔도르곤이 그것을 느낀 듯 광소를 만류했다.

"무리하지 마."

광소가 비릿하게 웃었다.

"세상에서 무리하지 않고 얻을 수 있는 건 거의 다 쓰레기야. 무리를 해야 쓸 만한 걸 얻는 거다."

그는 두 팔을 걷어붙이고 있었다.

앞서 스스로 졌다고 생각해 버린 자존심의 상처를 회복하기 위해서라도 이대로 물러날 수는 없다는 판단이었다.

혈뇌사야도 싸늘해졌다.

그의 두 눈에 서린 붉은 광체가 무섭게 이글거리고 있었다.

단목진양이 다급하게 설무백을 바라보며 도움을 청했다.

"설 공자!"

설무백이 대수롭지 않게 손을 내저었다.

"그냥 둬요. 나도 천하의 무영천마가 어느 정도의 능력을 가졌는지 궁금하네요."

단목진양이 울상을 지으며 사정했다.

"저기, 설 공자, 지금은 그럴 때가 아니오. 이제 조금만 더 있으면 저들의 회합이 시작되오."

"아참 그렇지."

설무백이 깜박했다는 듯 멋쩍게 웃으며 혈뇌사야를 향해 말했다.

"나도 아쉽지만 참아, 혈노. 앞으로도 기회는 얼마든지 있으니까."

혈뇌사야가 두말없이 수긍하며 물러났다.

"알겠습니다."

다른 때 같았으면 상대가 물러났다고 해서 물러날 혈뇌사야가 아니었지만, 이번엔 달랐다.

애써 살기를 누르고 군소리 하나 없이 조용히 침묵하며 물러나고 있었다.

단목진양이 이때다 싶은지 서둘러 다시 나섰다.

"아무려나, 그럼 이제 다들 못내 과했던 본인의 판단을 용서해 준 것으로 알고, 본론으로 들어가겠소."

말을 하고 나서 그는 좌중을 둘러보았다.

특히 풀라흔도르곤의 기색을 유심히 살폈다.

그가 공대를 한 이유는 전적으로 풀라흔도르곤이 주었기 때문인 것이다.

광소와 허완종도 그랬지만, 풀라흔도르곤도 그저 침묵한 채 말이 없었다.

사실 풀라흔도르곤의 입장에선 여차하면 자신을 죽여 없애려 했던 단목진양의 계획을 용서하고 자시고 할 것도 없었다.

그도 같은 상황이었다면 같은 결정을 내렸을 것이기 때문이다.

단목진양이 그런 그의 기색을 정확히 읽고는 바로 진지하게 다시 말을 이어 나갔다.

"다름이 아니라, 오늘 저들의 만찬이 끝날 때까지 귀하들은 이 자리를 벗어날 수 없소. 이는 이미 예정되어 있는 우리의 계획을 위해서이기도 하지만, 귀하들의 목숨을 지키려는 방편이기도 하니, 다들 따라 주길 바라겠소."

세 사람의 표정은 각양각색이었다.

다들 대번에 단목진양의 말에 담긴 의미를 파악할 수 있을 정도의 머리를 가진 사람들이라 그랬다.

먼저 말문을 연 것은 허완종이었다.

"나는 수긍하네. 사실 그게 아니더라도 나는 이제 대칸 아르게이에게 돌아갈 수 없는 몸일세. 저들의 만찬이 어떻게 끝날지는 모르겠으나, 그 자리에서 악초군이 대칸 아르게이에게 내 정체를 폭로할 것이 불을 보듯 뻔하니까."

광소를 향해 하는 말이었다.

광소가 어깨를 으쓱하며 말을 받았다.

"나 역시 불만 없어. 어차피 나는 저 친구의 안위를 걱정해서 나선 것일 뿐이니까."

그의 시선이 풀라흔도르곤에게 돌아갔다.

"네 생각은 어때?"

풀라흔도르곤이 기다렸다는 듯이 대답했다.

"나도 별반 거부하고 싶은 생각은 없지만, 한 가지 문제가 있소."

질문을 던진 광소가 아니라 단목진양을 향해 대꾸한 말이었다. 단목진양이 바로 물었다.

"말해 보시오."

풀라흔도르곤이 말했다.

"우리 여진족은 내가 없다고 해서 그대로 주저앉아 있을 사람들이 아니오. 내가 없으면 없는 대로, 아니, 어쩌면 내가 없기에 더욱 광분해서 문제를 해결하려 들 거요."

단목진양이 물었다.

"어떤 식으로 해결하려 들 것 같소."

풀라흔도르곤이 슬쩍 광소를 일별하며 대답했다.

"저 친구도 익히 잘 알고 있을 테지만, 나를 보좌하는 아이 중에 에지고고매라는 아이가 있소. 비록 여자지만, 나를 대신해서 여진족을 이끌 수 있을만큼 특출한 아이요. 그 아이가 나설 거요. 어쩌면 벌써 저들의 만찬장을 공격할 계획을 세우고 있는지도 모르오."

"음."

단목진양이 곤혹스러운 표정으로 침음을 흘리며 물었다.

"막을 수 있는 방법이 없겠소?"

풀라흔도르곤이 고개를 저으며 대답했다.

"그 아이를 막으려면 내가 아직 살아 있다는 것을 알려야 하오. 말로는 안 되오. 전서 따위도 안 되고. 그런 건 절대 믿지 않는 아이라, 나를 직접 봐야 믿을 거요."

단목진양이 난감하다는 표정으로 고개를 돌려서 설무백을

바라보았다.

설무백이 그 눈빛에 반응해서 물었다.

"정말 다른 방법은 없는 거요?"

풀라흔도르곤이 웃는 건지 마는 건지 모르게 애매한 표정을 지으며 대답했다.

"아주 없는 건 아니오만, 그게 좀⋯⋯."

"말해 봐요."

설무백이 잘라 말했다.

"누구라도 사람이 할 수 있는 일이라면 내가 못하지는 않을 테니까."

풀라흔도르곤이 잠시 뜸을 들이며 설무백의 시선을 마주하다가 문득 실없는 미소를 흘리며 대답했다.

"그 아이와 나만 아는 얘기가 있소. 아주 어렸을 때부터 내가 그 아이에게 해 주던 말인데, 그게 무슨 일이든지 간에 아이가 곤경에 처하면 내가 그 아이에게 잔트가르를 보내 주겠다고 했소. 그러니 잔트가르가 가서 내가 살아 있음을 전해 주며 되오."

설무백은 어리둥절해했다.

단목진양도 그와 다르지 않게 고개를 갸웃거리고 있었다.

그에 반해 광소와 허완종은 머리를 한 대 맞은 것처럼 두 눈을 멀뚱거리다가 이내 의미심장한 눈빛을 교환했다.

그도 그럴 것이, 설무백이나 단목진양과 달리 그들은 풀라흔도르곤의 말을 알아들었기 때문이다.

잔트가르는 그들의 말로 '최강의 사내'를 뜻했다. 그리고 형제자매나 가까운 지인이 여자에게 보내는 잔트가르는 '최고의 신랑감'이라는 의미도 가지고 있었다.

단목진양이 그들의 눈치를 보며 물었다.

"잔트가르가 뭐야?"

허완종이 애써 내색을 삼가며 대답했다.

"그게 다양한 뜻을 가지고 있어서 한마디로 잘라 말하기는 어렵고, 대충 남자에게나 여자에게나 필요할 때 도와줄 수 있는 사람이라는 뜻으로 이해하면 될 걸세."

단목진양이 그제야 안색을 풀었다.

"그럼 어려운 일도 아니잖아?"

그는 웃는 낯으로 풀라흔도르곤을 바라보며 다시 말했다.

"내가 다녀오겠소. 가서 그분에게 도르곤 칸이 보낸 잔트가르라고 하며 도르곤 칸이 안전하다는 것을 전해 주리다."

풀라흔도르곤이 뭐라고 대꾸하기도 전에 허완종이 나섰다.

"엄밀하게 따지면 자네는 아니지."

그의 시선이 설무백에게 돌려졌다.

"실제로 우리를 도와주러 온 사람은 자네가 아니라 저기 저설 공자가 아닌가."

단목진양이 바로 수긍하며 설무백을 향해 물었다.

"나서 주시겠소, 설 공자?"

설무백은 대답 대신 고개를 돌려서 풀라흔도르곤을 바라보며 반문했다.

"대략 한 시진 후면 만찬이 시작되는데, 너무 늦지 않았소? 이미 행동에 나섰을 가능성이 높다고 하지 않았소?"

풀라흔도르곤이 대답했다.

"이미 늦었는지도 모르지만, 지금 그걸 막기 위해서 이러는 거 아니겠소."

설무백은 못내 턱을 주억거렸다.

아무래도 무언가 감추어진 내막이 있다는 기분을 지울 수 없었기 때문이다.

그러나 그는 그렇기 때문이라도 자신이 나서야 한다는 생각이 들어서 거절할 수가 없었다.

그래서 그는 마음을 다잡으며 마지막으로 풀르흔도르곤의 마음을 확인했다.

"하나만 묻겠소. 나로서는 선뜻 이해하기 힘든 부분이라서 묻는 건데, 당신이 이렇듯 포기할 수 있는 이유가 뭐요?"

풀르흔도르곤이 히죽 웃으며 혼잣말로 중얼거렸다.

"중원인들의 생각은 다 같은 모양이군."

그는 이내 정색하며 그의 질문에 대답했다.

"벌써 두 번째 하는 말이오만, 중원은 꿈이지만, 마교는 현실이기 때문이오. 나는 꿈 때문에 현실을 외면하는 사람이 아니오. 내게 복수는 의무니까!"

설무백은 이제야 확실히 수긍했다.

그는 두말없이 기꺼운 미소를 보이며 자리를 털고 일어났다.

"알겠소. 다녀오겠소."

⚜

"이상하지 않습니까?"

설무백은 무섭게 달리고 있었다.

허공을 수직으로 가르는 그의 발 아래로 푸른 초원과 붉은 황무지가 흐릿하게 늘어지며 빠르게 흘러갔다.

전력을 다하는 것은 아니나, 공야무륵도 못내 애쓰는 눈치고 흑영, 백영은 뒤처지지 않기 위해서 사력을 다하느라 진땀을 흘리는 중이었는데, 그 와중에도 혈뇌사야는 고른 호흡을 유지하며 묻고 있었다.

그러나 설무백은 대답에 앞서 그런 혈뇌사야가 아니라 다른 사람에게 더 감탄했다.

요미가 바로 그 주인공이었다.

일전에 지난 잘못을 용서해 주는 조건으로 검산으로 심부름을 갔던 요미가 어제 돌아와서 예전처럼 그를 따르고 있었다.

그런데 그녀의 신위가 예사롭지 않았다.

이전의 그녀와 확연히 달라진 모습이었다.

시종일관 무감동한 표정과 기색인 철면신은 그렇다치고, 지금 그녀는 공야무륵마저도 못내 버거워하는 그의 속도를 아무렇지도 않게 따라오고 있었다.

단순히 경신공부만 놓고 따져 보면 이미 공야무륵의 경지를 넘어선 것이다.

'그러고 보면……!'

요미는 아까 풀라흔도르곤를 만나는 자리에서도 이전과는 다른 모습을 보였다.

이전이었다면 혈뇌사야가 나서기도 전에 그녀가 먼저 나섰을 터였다.

설무백을 무시하는 것은 그 누구도 용납하지 않는 그녀인 것이다.

그러나 이전과 달리 그녀는 나서지 않았다.

약간의 동요가 느껴지긴 했으나, 끝내 참아 내며 침묵을 지켰다.

'사별삼일(士別三日)이면 괄목상대(刮目相對)라더니만……!'

설무백은 이제야말로 요미를 새롭게 평가했다.

이제는 '이게 웬일이야?'라는 식으로 평소 자신이 갖고 있던 지난 기억만으로 그녀를 평가해서는 안 될 것 같았다.

그저 시간이 흘러서인지 아니면 검산에서 무슨 다른 공부가 있었던 것인지는 모르겠으나, 지금의 요미는 이전의 그녀와 달리 여러모로 한결 조숙해진 모습인 것이다.

"지금 가는 길 말입니다."

혈뇌사야가 다시 말하고 있었다.

설무백이 잠시 딴 생각에 빠져서 대답하지 않자, 무슨 질문인지 이해를 못했다고 생각하는 모양이었다.

"도르곤인지 다르곤인지 하는 그 녀석 이번 일을 예기하면서 꽤나 음흉해 보이는 미소를 보였습니다. 애써 참는 것 같았지만, 제 눈은 속일 수가 없지요."

설무백은 이제야 무심결에 빠져든 상념의 늪에서 빠져나오며 대답했다.

"그 사람만이 아니라 광소와 허완종의 기색도 좀 애매했어. 무언가 내색하지 않으려고 애쓰는 모습이더라고."

"그런데 왜……?"

"그런데가 아니라 그래서 가는 거야. 아무리 생각해도 이상해서."

"예에……?"

혈뇌사야는 도무지 이해할 수 없다는 표정이었다.

"만일 이게 놈이 꾸민 함정이라면 어쩌시려고요?"

설무백은 웃으며 대답했다.

"그래서 가는 거라니까. 그런 걸 눈치챘는데 다른 사람을 보낼 수는 없잖아. 그냥 내가 가야지."

혈뇌사야가 한 방 맞은 표정이다가 이내 너털웃음을 터트렸다.

"하하, 그렇군요. 과연 설 공자님이십니다. 하하하……!"

설무백은 피식 웃고는 은연중에 공야무륵과 백영, 흑영의 기색을 살피며 말했다.

"그래도 혹시 모르니 서두르자고. 저들의 만찬이 시작되기 전에 다녀와야지. 무슨 일이 벌어질지 모르는 만찬인데, 그 좋은 구경을 놓칠 수는 없잖아."

혈뇌사야가 바로 맞장구를 쳤다.

"암요! 그래야죠!"

설무백은 그 순간 속도를 더했다.

혈뇌사야는 별반 무리 없이 따라왔고, 철면신과 요미도 그랬다.

공야무륵이 못내 버거운 눈치를 애써 감추며 따라붙었고, 백영과 흑영은 차마 앓는 소리는 못하고 사력을 다하는 듯 이내 벌어진 입으로 호흡하기 시작했다.

설무백은 그래도 속도를 줄이지 않았다.

이전처럼 낙오되면 낙오되는 대로 외면할 작정이었다.

한계에 경험해 보지 못하면 진보할 수 없었다.

진보하려면 자신이 가지고 있는 것에 대한 부족함을 몸으로 느끼고, 그것을 뛰어넘으려는 결단이 필요하기 때문이다.

그것이 무엇이든 현재의 지평을 뛰어넘어 새로운 지평을 열어 가는 것은 자신의 한계를 알아야 가능한 것이다.

다행스럽게도 공야무륵은 말할 것도 없고, 흑영과 백영도 악착같이 버티며 따라왔다.

사색으로 된 얼굴, 벌어진 입으로 씩씩 거칠게 호흡하면서도 기를 쓰고 뒤처지지 않았다.

얼마나 그렇게 달렸을까?

얼추 한 식경(食頃 : 30분)에 달하는 시간이 지나자, 마침내 목적지가 눈에 들어왔다.

몽고군이 주둔한 호화호특에서 북쪽으로 육백여 리가량 떨어진 지점이었다.

새로운 도시 이련호특(二連浩特)의 남부 외각에 드리워진 거대한 산이 나타났다.

'우르오르', 중원의 말로 '구름의 산'이었다.

설무백은 그제야 달리는 속도를 줄였고, 우르오르의 남쪽 기슭에 도착해서야 멈추었다.

공야무륵이 털썩 주저앉았고, 게거품을 물던 흑영과 백영이 개처럼 엎드려서 토악질을 해 댔다.

"쯔쯔, 저런 머저리들 같으니라고⋯⋯!"

혈뇌사야가 그들에게 눈총을 주었다.

적잖게 무리를 했는지 그도 땀을 흘리긴 했으나 비교적 멀쩡했고, 철면신과 요미도 조금 가쁜 호흡일 뿐, 지친 기색이 아니었다.

설무백은 새삼 요미의 경지가 놀라워서 감탄했으나, 굳이 내색하지는 않았다.

내색할 여유도 없었다.

그가 멈춘 이유는 다른 데 있었고, 지금 그 이유가 모습을 드러내고 있었다.

경계 혹은 매복으로 보이는 대여섯 명의 여진족 병사들이었다.

'만찬을 기습할 계획은 없는 모양이군.'

이곳을 알려 준 풀르흔도르곤의 말이 그랬다.

여진족의 병사들이 아직 이곳에 있다면 적어도 만찬을 기습할 계획은 없는 것이고, 그 이후를 도모할 생각인 것이라고 말했다.

설무백이 그런 생각을 하는 사이, 다가온 여진족 병사들 중하나가 자못 준엄하게 소리쳤다.

"웬 놈들이냐?"

기진맥진해서 털썩 주저앉았던 공야무륵이 벌떡 일어났다.

경황 중에도 요미와 흑영, 백영은 어느새 암중으로 모습을 감춘 다음이었다.

설무백은 슬쩍 손을 들어서 앞으로 나서려는 공야무륵을 말리며 거란족 병사들을 향해 말했다.

"풀라흔도르곤 칸의 부탁을 받고 에지고고매를 만나러 왔다. 어서 그녀에게 안내해라."

거느린 인원으로 봐서는 오장이나 십장 정도 되는 여진족의 병사가 바로 칼을 뽑아 들고 경계하며 비웃었다.

"아무리 봐도 중원인들인데, 무슨 도르곤 칸의 부탁을 받고 왔다는 헛소리를 지껄이는 게냐!"

그러면서도 선뜻 덤벼들지 못하고 있었다.

설무백을 비롯한 일행의 범상치 않은 기도에 압도된 탓이리라.

설무백은 짐짓 냉정하게 경고했다.

"내가 지금 너희들이 두려워서 이렇게 허락을 받는 것으로 보이냐? 잔소리 말고 어서 고고매에게 가서 도르곤 칸이 보낸 잔트가르가 왔다고 전해라. 싫다면……!"

그는 사뭇 준엄한 기운을 일으키며 단호하게 말을 맺었다.

"너희들쯤은 먼저 처치하고 내가 직접 가서 얘기할 수도 있다. 그래도 나를 탓할 일은 없을 테니까."

"……!"

여진족 병사들의 수뇌가 조개처럼 입을 다물었다.

다른 병사들도 크게 당황한 눈치로 서로서로 시선을 교환했다.

모르긴 해도, 잔트가르라는 말 때문인 것으로 보였다.

설무백은 더 이상 지체하기 싫어서 준엄하게 다시 말했다.

"그냥 죽을 테냐?"

여진족 병사들의 수뇌가 재빨리 다른 병사에게 눈짓하며 말했다.

"어서 가서 고고매에게 전해라!"

명령을 받은 병사가 서둘러 뒤로 뛰어갔다.

명령을 내린 수뇌는 그 순간에 앞으로 나서서 설무백을 향해 한 주먹을 가슴에 대는 여진족 특유의 인사를 하며 고개를 숙였다.

"안내하겠소. 따라오시오."

그리고 먼저 돌아섰다.

상대에게 등을 보이는 것은 상대를 믿는다는 혹은 믿겠다는 의미를 드러내는 여진족의 전통이었다.

설무백은 그런 여진족의 전통은 몰랐으나, 안내하겠다니 그저 따를 뿐이었다. 그게 진심이든 아니면 다른 흉심을 가져서든 간에 일개 병사들의 계략을 두려워할 그가 아닌 것이다.

그런데 의외로 제대로 훈련받은 병사들이었다.

여진족 병사들의 수뇌가 앞서며 길을 열자, 나머지 병사들이 그들의 측면에 나누어 섰고, 나름 은폐와 엄폐로 매복하고 있던 십여 명의 거란족 병사들이 모습을 드러내며 그들의 뒤를 따랐다.

여차해서 싸움이 벌어질 경우를 대비해서 재빨리 유리한 포위망을 구축한 것이다.

'이런 병력이 십오만이었단 말이지.'

여진족의 병력은 아르게이가 지휘하는 몽고군의 병력 중 삼 할이 넘는다고 했다.

대외적으로 알려진 몽고군의 전 병력이 오십 만에 육박한다고 했으니, 대충 따져도 그 정도는 되었다.

몽고군은 악초군이 저지른 사태로 말미암아 졸지에 물경 십오 만의 병력을 잃는 막대한 타격을 입은 것이다.

'대체 무슨 생각인지는 모르겠지만, 상황만 놓고 보면 그놈이 아군일세. 그 누구의 지원도 없이 혼자만의 힘으로 능히 천하를 가질 수도 있다고 생각하는 건가?'

설무백이 본의 아니게 그런 상념에 빠졌다가 벗어나는 참인데, 어느새 산기슭의 소로를 벗어나서 제법 넓은 평지로 들어서던 여진족의 병사가 대뜸 발길을 멈추며 더 없이 정중하게 고개를 숙였다.

"나오셨습니까, 고고매!"

설무백은 실로 이채로운 표정이 되었다.

상념에 빠져 있었으면서도 이미 감각적으로 다수의 인원이 접근하고 있다는 사실을 느끼고 있었으나, 나타난 무리의 선두에 나서 있는 사람이 너무나도 이채로웠다.

우선 여자인데 칠 척의 장신이었다.

체격도 당당해서 어깨도 수평으로 널찍하고 짐승가죽으로 꿰맨 검붉은 의복 사이로 드러난 팔뚝이 웬만한 아이의 머리보다도 굵직했다.

그런데 또 어디다 내놔도 빠지지 않을 미색이었다.

송충이처럼 굵은 눈썹 아래 눈도 소처럼 크고, 코도 주먹코처럼 불룩한데다가 입술도 큼직하며 턱의 선도 굵어서 하나하나 따로 보면 어색할 수도 있는데, 장대한 체격과 어울려서 그저 이목구비가 뚜렷한 정도로 보여서 전체적으로 묘한 매력이 느껴지는 여자, 아니, 여장부였다.

그녀는 범강장달처럼 거칠고 사납게 생긴 사내들을 뒤에 거느리고 있었는데, 그녀만이 유독 눈에 들어올 정도이니, 그에 대해서는 두말할 나위가 없었다.

바로 그 여장부가 인사하는 병사를 슬쩍 내민 손으로 밀치며 앞으로 나서서 설무백 등을 훑어보았다.

그리고 이내 설무백에게 시선을 고정하며 물었다.

"도르곤 오라버니가 보냈다는 잔트가르가 너냐?"

장대한 체구, 뚜렷한 이목구비와 어울리게 여자도 남자도 아닌 것 같은 중성적인 목소리였다.

설무백은 가만히 고개를 끄덕이는 것으로 인정하며 반문했다.

"그러는 그대가 에지고고매인가?"

여장부가 인정했다.

"그래, 내가 에지고고매이다."

그리고 웃는 건지 마는 건지 모르게 한껏 이맛살을 찌푸리며 재우쳐 물었다.

"그런데 너는 잔트가르가 무슨 뜻인지는 알고 나를 찾아온 거냐?"

설무백은 들은 바 그대로 대답해 주었다.

"도르곤 칸이 말해 주길 남자에게나 여자에게나 필요한 사람이라는 뜻이라고 하더군."

에지고고매가 갑자기 먼 산을 바라보더니, 손가락으로 귀를 후비며 중얼거렸다.

"염병할 오라비가 또 속였군."

설무백은 무언가 알 것도 같고 모를 것도 같은데, 결국 이해할 수 없어서 물었다.

"대체 도르곤 칸이 뭘 속였다는 거지?"

에지고고매가 고개를 바로해서 실로 불쌍하다는 눈빛으로 설무백을 바라보며 대답했다.

"네가 다섯 번째다. 그간 너처럼 속아서 나를 찾아온 사내가. 뭐 어쨌거나, 그래도……!"

문득 말꼬리를 흐린 그녀는 주섬주섬 등에 착용하고 있던 거대한 청룡도를 뽑아 들며 히죽 웃었다.

"성의를 봐서 상대는 해 줘야지."

청룡도를 어깨에 기댄 그녀가 설무백을 향해 손가락을 까딱이며 다시 말했다.

"어디 한번 덤벼 봐라!"

몽고의 발호 이십팔 일째 날 저녁 (2)

"나는 단지 몽고의 혈맹에서 탈퇴하고 이번 전쟁에 나서지 않겠다는 도르곤 칸의 말을 전하로 온 사람이오."

"알았으니까, 어서 덤비라고!"

설무백은 우선 이게 무슨 상황인가 싶어서 말문이 막혔고, 그다음에는 골치가 아팠다.

실로 아닌 밤중에 홍두깨라는 말이 떠오르는 상황이었다.

처음에는 에지고고매의 반응을 보고 혹시나 했던 함정인가, 즉 그를 죽이려는 풀라흔도르곤의 계략인가 했으나, 이내 그게 아니라는 것을 느낄 수 있었다.

에지고고매의 태도에는 살기도, 살의도 없었다.

그래서 정말로 풀라흔도르곤이 보낸 사람인지 시험해 보려는 건가 했는데, 그도 아닌 것 같았다.

풀라흔도르곤이 무언가 속였다고 말하는 것을 보면 그녀는 이미 그가 풀라흔도르곤이 보내서 왔다는 것을 믿고 있다는 뜻이기 때문이다.

'그럼 뭐지 이건?'

설무백은 실로 오리무중이었다.

그러나 아닌 밤중에 홍두깨라는 말이 있듯 가는 방망이 오는 홍두깨라는 말도 있다.

그도 어쩔 수 없는 무인인지라 싸우자고 나서는 상대를 막무가내로 회피하는 것도 예의가 아니라는 생각이 들었다.

게다가 상대는 여자이긴 하지만 보통 여자가 아니었다.

단순히 덩치가 크다는 얘기가 아니라 상당한 경지를 이룬 무인이라는 뜻이었다.

이채롭게도 청룡도를 어깨에 걸치고 태연하게 서 있는 그녀의 모습에서 흔히 볼 수 없는 검도고수의 면모가 엿보였다.

아무리 봐도 이 정도의 검도고수는 중원에서조차 흔치 않았다.

물론 그렇다고 해서 그를 위협할 정도라는 얘기는 아니지만, 적어도 무시할 수 없는 수준이었다.

'적당히 제압해서는 안 되겠는 걸?'

무인의 기질이 거의 다 그랬다.

확연한 차이를 실감하지 못하면 인정하지 않았다.

아니, 그게 아니더라도 이왕지사 손을 쓸 바에야 확실하게 쓰는 것이 좋았다.

그의 목적은 그녀와 싸워서 이기는 것이 아니라 그녀가 이번 전쟁을 포기하도록 만드는 것이기 때문이다.

"뭐, 정 원한다면······."

설무백이 마음을 정하며 나서는 순간이었다.

여태 다른 사람으로 변한 것처럼 매사에 섣불리 나서지 않던 요미가 불쑥 그의 그림자를 벗어나서 모습을 드러내며 끼어들었다.

"저기, 아무래도 싸우지 않는 게 좋을 것 같은데······?"

귀신처럼 갑작스러운 요미의 등장에 설무백을 마주하고 있던 에지고고매의 안색이 일변했다.

그녀 뒤에서 내내 태연하게 방관하던 여진족의 요인들과 주변에 포진한 병사들도 그랬다.

화들짝 놀라며 반사적으로 칼을 뽑아 드는 병사도 있었다.

설무백은 어리둥절해서 요미를 바라보았다.

"왜?"

요미가 어딘지 모르게 어색한 미소를 흘리며 대답했다.

"여자의 직감이랄까? 어째 오빠가 싸워서 좋을 게 없을 것 같단 말이지. 그러니 내가 나서면 안 될까?"

설무백은 이해할 수 없었다.

"나는 싸워서 좋을 게 없는데, 너는 싸워도 괜찮다는 거야?"

요미가 바로 대답했다.

"응."

"어째서?"

"여자의 직감이라니까."

설무백은 인정했다.

"여자의 직감은 무시할 수 없지."

그리고 재우쳐 단호하게 말을 덧붙였다.

"그러니 어디 한번 시험해 보자. 내가 나서서 좋을 게 없으면 네가 나서도 같다는 생각이 들어서 그냥 내게 나서는 게 나을 것 같다. 네가 내 앞에서 위험에 빠지는 꼴은 절대 볼 수 없으니까."

요미가 일면 감격한 표정을 지으면서도 다급하게 대답했다.

"아니, 내 말은 그게 아니라……!"

"요미야."

설무백은 나직이 말을 자르며 재우쳐 물었다.

"다시 또 근신할래?"

요미가 울상이 되어서 발을 동동 굴렸다.

나설 수도 없고, 나서지 않을 수도 없지만, 다시 근신하기는 싫어서 어쩔 줄 모르는 태도였다.

그때 에지고고매가 어이없다는 듯이 실소하며 나섰다.

"이것들이 정말 놀고들 있네. 야, 너 조그만 계집애. 나랑 싸우고 싶으면 조용히 순서를 기다리고 있어. 쟤랑 싸우고 나서

너랑 싸워 줄 테니까. 그게 순서야."

요미가 발끈 하려다가 그만두며 설무백의 눈치를 보았다.

확실히 이전과는 많이 달라진 모습이었다.

설무백은 못내 그 모습이 흙장난을 하다가 엄마에게 들켜서 시치미를 떼는 아이처럼 귀엽게 보여서 속으로 웃었다.

그러나 아닌 건 아닌 거였다.

그는 애써 그녀를 외면하며 나서서 에지고고매를 마주했다.

거리를 두고 있을 때보다 가까이 다가서자 그녀가 더욱 커 보였다.

사내들 중에서도 그리 작지 않은 신장인 그보다 머리 하나 가 더 있는 장신이고 체격도 호리호리한 것이 아니라 당당해서 크다가 아니라 거대하다는 느낌이었다.

설무백은 씩 웃으며 솔직한 감정을 드러냈다.

"크네?"

에지고고매의 짙은 눈썹이 송충이처럼 꿈틀했다.

"네가 작은 거다!"

설무백은 냉담한 그녀의 반응과 대꾸로 인해 그녀가 자신의 큰 체격에 대해 일종의 자격지심을 가지고 있다는 사실을 인지 하며 다시 웃었다.

"놀리는 게 아니라 그저 그렇다는 거야. 너처럼 크면서 그렇 게 균형과 조화를 이루긴 쉽지 않으니 자부심을 가져도 좋아."

"……"

에지고고매의 표정이 묘하게 일그러졌다.

어딘지 모르게 당황하는 기색이었다.

설무백은 그게 아랑곳하지 않고 다시 말했다.

"네가 먼저 올래, 내가 먼저 갈까?"

에지고고매의 표정이 다시금 일변했다.

설무백이 말을 하면서 공력을 일으킨 결과였다.

설무백은 이미 반박귀진의 경지를 넘어서서 화경에 이르러 있었다.

화경이란, 출신입화지경(出神入火之境)이라는 신화경(神化境)의 경지인 절대지경(絶代之境)으로, 이른바 정기신(精氣神)이 일체화를 이루어서 의지를 드러내지 않는 한 내부의 진기가 깊이가 갈무리되어 상대가 절대 화후(火候)를 알아볼 수 없었다.

에지고고매가 지금껏 그를 만만히 본 이유가 바로 그 때문이었다.

그런데 지금 설무백이 공력을 운기하자, 그녀는 이제야 그의 화후를 느낀 것이다.

"내가 먼저 간다!"

에지고고매가 어깨에 기대고 있던 청룡도를 내려서 두 손으로 잡으며 힘주어 대답했다.

사실을 말하자면, 아니, 진심을 말하자면 여기서 그냥 물러나는 것이 옳다고 생각하는 그녀였다.

대개 싸움의 승패는 싸우기 전에 이미 결정되기 마련이었고,

그녀는 그 정도는 능히 알 수 있는 고수인 것이다.

그러나 또한 상대적으로 대계의 무인은 실제로 겪어 보지 않으면 인정하지 않는다.

고수이거나 하수이거나 무인이기에 앞서 사람이기에 그랬다.

머리로는 인정하면서도 마음으로는 거부하는 것인데, 그녀도 어쩔 수 없는 사람인 것이다.

게다가 다른 한편으로 그녀는 모종의 이유로 인해 직접 몸으로 확인해야 했다.

설무백은 아직 모르고 있지만, 그녀는 이 싸움에 자신의 인생이 걸려 있음을 알기 때문이다.

그런 그녀의 마음을 알 도리가 없는 설무백은 가볍게 태세를 취하며 손을 까딱였다.

"그렇다면 와라."

에지고고매는 그의 말이 뱉어지기 무섭게 외쳤다.

"간다!"

땅이 울릴 정도로 쩌렁쩌렁한 고함이었다.

실로 우렁찬 그녀의 외침이 병풍처럼 둘러쳐진 산하에 메아리칠 때, 망설이지도, 틈을 찾지도 않고 바로 날아오른 그녀는 이미 설무백의 머리 위에 떠서 수중의 거대한 청룡도를 휘두르고 있었다.

설무백은 잠시 감탄했다.

비대하진 않지만 그에 못지않게 크고 장대한 몸이 실로 빛살처럼 빠르게 움직이고 있었다.

순간적으로 날아올랐다 싶은 벌써 그의 머리 위를 덮치고 있는 것이다.

저 장대한 체구가 이렇듯 가볍고 날래게 움직일 수 있다고는 정말 상상도 하지 못한 일이었다.

'이 정도면……?'

설무백은 앞서 내린 에지고고매에 대한 평가를 수정했다.

적어도 이 정도면 공야무륵과 자웅을 다툴 수 있을 것 같았다.

다만 그의 생각은 거기서 그쳤다.

그녀의 손에 들린 청룡도 또한 그녀만큼이나 날래게 움직이고 있었다.

투박하게 생긴 것답지 않게 날카롭게, 그러면서도 생긴 것처럼 육중한 무게감이 드리워진 파괴력이 느껴지는 공격이었다.

설무백은 그 순간에 다시 한 번 생각을 고쳐 먹었다.

본래는 일수로 제압해서 감히 넘볼 수 없는 위엄을 선사해줄 작정이었는데, 예상 밖으로 뛰어난 그녀의 신위를 보자 조금 더 상대해 주고 싶어졌다.

자신을 위해서도, 그녀를 위해서도 그게 나았다.

그는 새로운 경험을 하고, 그녀는 절망감에 빠지지 않아도 되는 것이다.

'서너 수 정도만⋯⋯.'

자신만의 시간과 공간에서 그렇게 마음을 정한 설무백은 감히 경시하지 않고 손을 높이 쳐들어서 일도양단의 기세로 내려쳐지는 그녀의 청룡도를 막았다.

어느새 그의 손에는 환검 백아가 들려 있었다.

깡-!

엄청난 금속성이 터지며 불똥이 튀었다.

주변의 공기가 우렁우렁 울고 땅이 부르르 진동했다.

도저히 사람의 손에 들린 두 자루의 무기가 부딪쳐서 만들어 낸 것이라고는 믿기지 않는 굉음이었고, 진동이었다.

강력한 여파에 밀려난 주변의 사람들이 두 손으로 귀를 틀어막으며 괴로워할 정도였다.

그러나 설무백의 입장에서 그보다 더 놀라운 것은 공격이 막힌 에지고고매의 반응이었다.

놀라고 당황한 표정이긴 했다.

하지만 그녀는 튕겨 나지도, 물러서지도 않았다.

엄청난 반탄력을 온몸으로 마주하며 지체 없이 다음 칼질에 나섰다.

휘우우웅-!

거대한 아름드리나무가 통째로 휘둘러지는 듯한 파공음이 일어났다.

요란한 금속성이 메아리가 되어서 돌아오는 순간보다 빠르게 그녀의 청룡도가 수평의 선을 그리고 있었다.

설무백은 물러나서 피할 여유가 있었지만 굳이 물러나지 않고 재차 수중의 백아를 쳐들어서 그녀의 청룡도를 막았다.

깡-!

다시금 거칠고 요란한 금속성이 터지며 땅이 진동하고 주변의 산하가 울었다.

에지고고매가 거기서 멈추지 않고 연거푸 청룡도를 휘둘러서 설무백을 압박했다.

깡! 까강-!

벽력이 치고, 뇌성이 우는 것 같았다.

연속해서 터진 금속성이 그렇듯 땅을 흔들며 주변의 산하에 메아리쳤다.

설무백은 내심 거듭 감탄했다.

에지고고매의 무위는 실로 위력적이었다.

거대하고 무겁게 느껴지는 청룡도의 모습이 거짓말인 것처럼 가볍고 신속하게 움직이면서도 엄청난 파괴력을 내포하고 있었다.

이렇다 하게 각별한 초식을 구현하는 것이 아니라 그저 짧게 혹은 길게 휘둘러서 베는 것이 다인데도, 이미 내공이 조화지경의 경지에 이르러서 마음의 발현으로 이기어술을 펼칠 수 있으며, 더 나아가서 뜻과 의지만 가지고도 사람을 죽일 수 있다는 의형살인(意形殺人) 혹은 의형살백(意形殺魄)의 경지까지 내다보는 설무백조차 자못 진지하게 대응해야 했다.

실로 단순하지만 그래서 더욱 강력한 공격이 아닐 수 없는데, 한순간 다시금 상황이 변했다.

철컹—!

청룡도를 두 손으로 잡고 무지막지한 공격을 펼치던 에지고고매가 일순 거리를 벌리며 떨어지더니, 청룡도를 잡고 있던 두 손을 좌우로 펼쳤다.

그러자 무언가 철문이 열리는 듯한 쇳소리가 울리며 그녀의 청룡도가 두 자루로 변했다.

그녀의 청룡도는 본디 모종의 기관으로 인해 하나처럼 붙어 있는 두 자루였던 것이다.

설무백은 두 개로 변한 청룡도를 각기 한 손에 하나씩 들고 흡사 거대한 사마귀와 같은 태세를 취하고 있는 그녀를 보며 이제야 납득했다.

"어째 단조로운 공격 일변도다 했더니만, 원래 쌍도술이었나 보군."

본디 쌍도술이나 쌍검술 등, 같은 두 개의 무기를 사용하는 무공은 모순적이게도 지극히 난해하면서, 지극히 간단했다.

두 개의 무기가 서로 엉키지 않는 선에서 베고 막고, 막고 베는 것을 반복하는 것이 그런 류의 무공이 가진 기본이자, 태생적인 한계이기 때문이다.

따라서 그런 류의 무공은 정교하면서도 얼마나 빠르고 정확한가, 그리고 그 속에 얼마나 파괴적인 기운을 담는가가 관건인데, 앞서 그녀의 공격이 단순하지만 빠르면서도 강하고, 파괴적인 기운마저 담겨 있었던 이유가 거기에 있었던 것이다.

그런 그녀의 손에 두 자루의 청룡도가 들렸다.

설무백은 내심 그녀가 보여 줄 신위가 어떨지 자못 기대가 되어서 절로 흥미진진한 미소를 드러냈다.

다만 이제 싸움을 길게 끌고자 했던 마음은 사라졌다.

더는 길게 끌 수 없었다.

사력을 다하려는 혹은 무리를 하려는 에지고고매의 결단이 그의 눈에 보였기 때문이다.

그런데 이상한 일이었다.

결국 자신의 부족함을 인지하고 최후의 수법까지 꺼내 든 그녀의 표정이 묘하게도 밝게 보이지 않는가.

'기분 탓이겠지.'

설무백은 애써 대수롭지 않게 넘기는 그때, 에지고고매의 무지막지한 공격이 가해졌다.

에지고고매는 두 손에 든 두 자루 청룡도를 눈이 어지러울 정도로 현란하게 휘두르며 달려들었다.

그녀의 장대한 체격과 두 자루 청룡도가 휘둘러지며 일어나는 파공음으로 인해 그야말로 폭풍이 쇄도하는 것처럼 느껴지는 모습이었다.

아무리 봐도 물러나는 것이 상책으로 보이는 광경인데, 설무백은 물러나지 않았다.

하물며 피하거나 막지도 않았다.

이제 싸움을 끝낼 때라고 생각한 그가 선택한 것은 반격이었다.

자신의 시간 속에서 쇄도하는 에지고고매를 예리하게 주시하고 있던 그는 한순간 앞으로 마중 나가며 손을 내밀었다.

환검 백아는 이미 사라지고 그의 손에 들려 있지 않았다.

그의 맨손이 너무나도 현란하게 움직여서 흡사 그물처럼, 아니, 차라리 어지럽게 뒤엉킨 실타래처럼 보이는 두 자루 청룡도의 도망을 유영하는 뱀처럼 부드럽게 뚫고 들어갔다.

에지고고매가 그것을 느낀 듯 안색이 변했으나 이미 늦었다.

그녀가 반응을 보일 사이도 없이 그녀의 복부에는 벌써 그의 손바닥이 달라붙어 있었다.

턱-!

타격음이 짧게 울렸다.

에지고고매는 질끈 눈을 감았다.

이어서 다가올 고통을 예감한 본능적인 반응이었다.

그러나 고통은 없었다.

설무백은 그저 그녀의 복부에 손바닥을 대었을 뿐이었다.

그녀가 눈을 떴을 때, 그는 가볍게 미소 짓고 있었다.

그녀는 모르지만 그만의 특유한 미온한 미소였다.

그것도 바로 그녀의 코앞이었다.

그가 사각인 그녀의 품으로 파고든 상태였기 때문이다.

"자, 잔트가르……!"

여진족 병사 중 하나가 나직이 읊조리고 있었다.

다만 주변의 모두가 숨죽이고 있었기 때문에 그 말을 듣지 못한 사람은 하나도 없었다.

에지고고매도 그 말을 들었다.

그녀는 순간적으로 얼굴이 붉어지며 그에게서 떨어졌다.

싸움에 져서 분노한 것으로 보이는 게 아니라 묘하게도 부끄러워하는 것 같은 홍조였는데, 그녀가 재빨리 고개를 숙였기 때문에 그것을 제대로 확인한 사람은 없었다.

"잔트가르!"

고개 숙인 에지고고매가 그대로 설무백의 면전에서 한무릎을 꿇으며 말했다.

"이제 그대가 저의 주인입니다!"

설무백이 어리둥절해하는 사이, 주변에 있던 여진족의 병사들이 '와' 하고 함성을 내질렀다.

요미가 저편에서 표독스러운 눈초리로 에지고고매를 노려보며 투덜거리고 있었다.

"어째 기분이 이상하더라니, 저 주인이라는 말 정말 거슬리네……!"

설무백이 잔트가르의 진정한 뜻과 의미를 들은 것은 여진족의 군영에 자리한 에지고고매의 막사에서였다.

"잔트가르는 우리 여진족의 미래를 책임질 진정한 칸을 의미합니다. 그래서 최강의 사내, 잔트가르인 겁니다. 역대 최고의 칸 중 하나로 손꼽힐 도르곤 칸조차 잔트가르가 되지 못했습니다. 그에게 문은 있으나 무가 없기 때문입니다."

에지고고매의 설명이었다.

그녀는 설무백을 마주하고 있지 않았다.

설무백을 상석에 앉히고 그녀 자신은 좌측 아래 자리에서 무릎을 꿇고 두 손을 바닥에 붙이고 있었다.

그게 그들, 여진족의 방식인지, 아니면 그녀의 방식인지는 모르겠으나 설무백이 막을 도리는 없었다.

편하게 앉으라는 설무백의 말을 그녀가 거부한 것이다.

에지고고매의 설명이 다시 이어졌다.

"다만 대륙 진출의 꿈은 우리 여진족이 평생을 간직하고 사는 염원입니다. 도르곤 칸은 물론이고, 설령 잔트가르라 할 지라도 그걸 포기했다면 우리 모두에게 납득할 만한 이유가 있어야 합니다. 말씀해 주세요, 잔트가르. 이유가 뭡니까?"

설무백은 난감했다.

무엇으로 저들을 설득시킬까?

평생의 염원을 포기할 수 있는 이유가 대체 무엇이 있을까?

그로서는 알 수 없었다.

평생을 같이해도 모르는 것이 한길 사람의 마음속인데, 평생을 다르게 살아온 그가 어찌 저들의 이념과 상식을 이해할 수 있을 것인가.

이럴 때는 다른 방법이 없었다.

있는 그대로 솔직하게 자신의 생각을 밝히는 것이 최선이었다.

"나는 그간 당신들과 다르게 산 까닭에 당신들의 사고를 모른다. 아니, 이해할 수 없다. 그래서 내 생각이 아니라 내가 인정하는 도르곤 칸의 얘기로 대신하겠다."

장내에는 에지고고매를 비롯한 대여섯 명의 노인들과 십여 명의 중년사내들이 모여 있었다.

에지고고매의 말에 따르면 작금의 여진족을 구성하는 장로들과 장수들이라고 했다.

심각하게 굳어진 그들 모두의 이목이 설무백에게 집중되었다.

설무백은 잠시 냉정한 듯 무심하게 그들을 둘러보며 여유를 두었다가 힘주어 말을 이었다.

"내가 같은 이유로 도르곤 칸에게 그대들과 같은 질문을 던졌다. 그때 도르곤 칸이 내게 말해 주었다. 중원은 꿈이지만, 마교는 현실이라고, 자기는 꿈 때문에 현실을 외면할 수 없다고, 복수는 절대 외면할 수 없는 의무라고!"

장내의 모두가 조용히 침묵했다.

설무백은 그런 그들을 한차례 더 둘러보며 말을 끝맺었다.

"나는 그런 도르곤 칸의 생각에 동의했고, 그래서 여기에 왔다."

침묵이 이어졌다.

에지고고매가 그 속에서 혼자 고개를 돌려서 한쪽에 자리하고 있던 여진족의 노인들을 바라보았다.

그녀의 시선을 받은 노인들이, 바로 여진족의 장로들이 서로서로 시선을 교환하더니, 이내 한 노인이 희미하게 웃는 낯으로 나서며 말했다.

"우리는 잔트가르가 자신의 의견을 내세웠다면 심히 거북했을 거요. 잔트가르가 말한 것처럼 우리 역시 우리의 사고방식을 모르는 잔트가르가 우리의 마음을 이해한다고는 생각할 수 없기 때문이오."

에지고고매가 슬쩍 설무백의 눈치를 살피며 끼어들었다.

"그래도 잔트가르의 뜻을 따르긴 했을 겁니다."

노인이 웃는 낯으로 고개를 끄덕이며 말을 받았다.

"그야 물론이오. 이유 여하를 막론하고 잔트가르의 뜻을 따랐을 거요. 다만 못내 응어리가 남아서 제(祭)를 지냈어야 했을 텐데, 이제는 아니오. 제는 필요 없소. 넓게 주위를 살피고, 일 말의 거짓도 없이 우리를 대하려는 잔트가르의 마음에 나 살리흐아오한은 감동했소. 이제 진심으로 잔트가르의 의견을 따르리다."

여진족은 부계 혈통을 따르며 공통 조상을 가진 혈통 집단이 모여 부락을 이루는 것이 보통이다. 그리고 그들 각각의 부족장이 행사하는 권위는 일정 부분 종교에 바탕을 두고 있다.

따라서 혈통 집단 이외에는 다른 사회조직이 없기 때문에 집단 간의 분쟁시에는 복수가 아니면 특정한 계약이나 양측의 정략결혼이 그 해결 수단이 되는데, 여기에도 종교가 개입한다.

부족장이 신적인 권위를 바탕으로 생사여탈권마저 행사하는 부족은 여진족만이 아니라 몽고 전역의 부족들 중에서도 극히 일부에 해당하고, 대부분의 부족은 그게 설령 부족장의 결정일지라도 마지막에는 종교가, 정확히는 그 부족에서 신을 모시는 제사장의 동의가 필요한 것이다.

지금이 그런 상황이었다.

살리흐는 '바람'이고, 아호한은 '장남, 맏아들'이라는 뜻이었다.

즉, 지금 말하는 노인은 '바람의 맏아들'이라는 얘기였고, 그가 조상숭배와 다산을 가져오는 자연신을 숭배하는 여진족의 제사장(祭司長)임을 뜻하는 것이었다.

에지고고매가 이제야말로 기꺼운 표정이 돼서 설무백을 향해 깊이 고개를 숙이며 말했다.

"아오한이 기껍게 수긍했으니, 이제 우리 여진족은 잔트가르의 뜻대로 이번 전쟁에 나서지 않습니다. 즉시 몽고의 혈맹에 전령을 보내서 이탈을 통보하도록 하겠습니다."

설무백은 이제야말로 홀가분한 마음이 되어서 기꺼이 자리를 털고 일어났다.

사람들이 따라서 일어나는 것으로 예를 표했다.

와중에 에지고고매가 물었다.

"이제 가시렵니까?"

설무백은 조금 더 머물기를 바라는 좌중의 눈치가 보여서 못
내 작금의 사정을 드러냈다.

"격변의 시간이야. 당장 오늘밤에 어떤 변화가 일어날지 모
르는 상황이라 지체할 시간이 없어."

에지고고매가 두말없이 고개를 숙이며 말했다.

"제가 모시겠습니다."

"아니, 그럴 필요까지는 없……!"

"제가 모셔야 합니다!"

설무백은 더 없이 단호한 에지고고매의 태도에 절로 어리둥
절해서 물었다.

"왜 그래야 하지?"

에지고고매가 왠지 모르게 붉어진 낯빛으로 그의 시선을 피
하며 대답했다.

"잔트가르는 저의 잔트가르이기도 하니까요."

설무백은 어째 얘기가 묘하게 들려서 다시 묻지 않을 수 없
었다.

"그게 무슨 뜻이지?"

에지고고매의 낯빛이 한층 더 붉어졌다.

"그게, 그러니까……."

이때 그들을 지켜보고 있던 여진족의 제사장 아호한이 머뭇거리는 그녀를 대신하듯 나서서 대답했다.

"에지고고매는 이제 잔트가르를 맞이해서 고고매가 되었으니까요. 아직 제를 올리는 절차가 남아 있긴 하지만, 이미 잔트가르와 한 몸이나 다름없으니 마땅히 같이해야 하지 않겠습니까."

설무백은 이제야 느껴지는 것이 있어서 한 방 맞은 듯한 기분이 되었다.

'주인이라는 말에 그런 의미가……?'

그는 이내 혹시나 하는 생각이 들어서 물었다.

"그럼 도르곤 칸은 에지고고매를 넘어서지 못해서, 그러니까 이기지 못해서 잔트가르가 되지 못한 건가?"

아호한이 대답했다.

"예, 그렇습니다. 하지만 지금의 에지고고매가 아니라 전대 에지고고매를 넘지 못했지요. 다만 두 분은 혼례를 치르셔서 지금의 에지고고매가 탄생한 겁니다."

요컨대 도르곤 칸은 전대 에지고고매와의 싸움에서 져서 잔트가르가 되지 못했으나, 그들은 혼례를 올려서 지금의 에지고고매를 낳았다는 소리였다.

즉, 작금의 에지고고매는 전대 에지고고매와 풀르흔도르곤 사이에서 태어난 딸인 것이다.

설무백은 이걸 대체 어떻게 받아들여야 할지 몰라서 실로 난감했다.

알게 모르게 그의 기색을 살피던 에지고고매가 그런 그의 반응을 다른 쪽으로 오해한 모양이었다.

갑자기 어울리지 않게 다소곳한 태도로 고개를 숙이며 넌지시 말했다.

"잔트가르에게 이미 처가 있다고 해도 다른 걱정을 하실 필요는 없습니다. 중원에 영웅호걸은 삼처사첩을 거느린다는 말이 있다지요? 우리 부족도 그렇습니다. 사내가 많은 처를 거느리는 것은 흉이 아니라 자랑입니다. 그만큼 능력이 있고, 또 많은 아이를 생산할 수 있다는 뜻이니까요. 그리고……."

다시금 갑자기 얼굴에 홍조가 오른 그녀가 대뜸 두 손을 허리에 턱 걸치는 것으로 장대하지만 들어갈 때는 들어가고 나올 때는 나와서 적잖이 육감적으로 보이는 몸매를 뽐내며 말을 이었다.

"보다시피 저는 튼튼한데다가 엉덩이도 그리 작지 않아서 많은 아이를 생산할 수 있으니, 잔트가르의 미래에 크게 도움이 되리라고 믿어 의심치 않습니다."

설무백은 말문이 막혀 버렸다.

아호한이나 에지고고매가 말하는 태도로 봐서는 그게 당연한 그들의 풍습으로 보이는 통에 선뜻 싫다고 거부할 수도 없고, 알았다고 수긍할 수도 없어서 실로 난감할 뿐이었다.

그사이에 모습을 드러낸 요미가 표독스러운 눈빛으로 에지
고고매를 노려보며 말했다.

"이것 봐! 내가 싸움에서 졌다고 대뜸 주인 운운할 때부터
이럴 줄 알았어! 덩치는 산만 한 것이 앙큼하기도 하지! 감히
넘보긴 누굴 넘보려고……!"

"언니인가 보군요, 잔트가르의 여자가."

에지고고매가 표독스럽기 짝이 없는 요미의 눈빛에도 불구
하고 천연덕스럽게 웃는 낯으로 불쑥 나서며 물었다.

"언니라고 해도 되죠? 나이를 떠나서 먼저 잔트가르의 은혜
를 받고 여태 이렇게 모시는 분이니까요."

"……."

발끈하고 나선 요미가 갑자기 꿀 먹은 벙어리로 변했다.

그녀도 여자인지라 은혜를 받는다거나 모신다는 말의 의미
를 여자의 입장에서 해석한 모양이었다.

무언가 상상하기 어려운 일을 상상이라도 했는지 얼굴까지
붉어지고 있었다.

우연인지 아니면 고단수인지는 몰라도, 우습지 않게 에지고
고매가 그녀의 맹점을 제대로 찌른 셈이었다.

"아, 그게 뭐 그렇기는 한데……."

"제가 언니도 잘 받들게요. 뭐든지 언니가 먼저예요. 그게 우
리 부족의 전통이자, 풍습이고, 예의니까요."

조금 과장해서 산만 한 여자가 어떻게 이렇듯 나긋나긋하게

굴 수 있을까?

요물이라더니, 과연 그냥 하는 말이 아닌 것 같았다.

"아, 뭐 그렇다면 그러던지……."

요미가 말을 얼버무리며 은근슬쩍 설무백의 눈치를 보고는 이내 스르르 그의 그림자 속으로 스며 들어갔다.

설무백은 내심 고소를 금치 못했다.

다른 한편으로 이유야 어쨌든 새로운 문제나 불화는 없을 것 같아서 마음이 놓이기도 했다.

무엇보다도 지금은 이러고 있을 때가 아니었다.

만일의 사태에 대비해서라도 그는 몽고의 만찬이 시작되기 전에 돌아가야 하는 것이다.

'일단 이 문제는 나중에!'

설무백은 마음을 다잡으며 에지고고매를 향해 말했다.

"서두를 거야. 따라오기 어려울 테니, 따라올 수 없다고 판단되면 돌아와서 기다려. 언제고 일이 끝나면 다시 보겠다고 약속할 테니까."

"아니에요!"

에지고고매가 아래로 늘어진 허리춤의 옷깃을 단단하게 동여매며 단호하게 대답했다.

"죽어도 잔트가르에게 폐를 끼치는 일은 없을 겁니다! 이래 봬도 제 장기가 신법이니까요!"

놀랍게도 이제 에지고고매의 장담은 허튼소리가 아니었다.

설무백은 갈 때와 같은 속도로 달렸지만, 에지고고매는 조금도 뒤처지지 않았다.

뒤처지기는커녕 혈뇌사야나 요민큼은 아니어도 흑영이나 백영보다는 여유가 있었다.

흑영과 백영은 숨이 턱에 차서 억지로 견디다가 달리는 와중에 토악질까지 했으나, 에지고고매는 상대적으로 멀쩡했다.

전신이 땀에 흠뻑 젖은 채로 거친 숨을 몰아쉬면서도 내색을 삼가기 위해서 애쓰는 그녀의 모습은 실로 감탄을 자아냈다.

설무백은 그쯤에 알아보았다.

에지고고매는 경공술의 대가인 무영천마 광소의 성명절기인 북풍류의 신법을 익히고 있었다.

자세한 내막은 몰라도, 광소가 풀라흔도르곤만이 아니라 그녀와도 지극히 돈독한 사이라는 방증이었다.

'광소를 사사한 건가?'

가능성이 충분한 얘기였다.

물론 둘도 없는 죽마고우와 다름없던 광소와 풀라흔도르곤의 사이를 두고 볼 때, 그런 식의 관계가 아니라 그저 무상으로 전해 주었을 가능성도 매우 농후했지만 말이다.

이유야 어쨌든, 설무백은 그래서 늦지 않게 호화호특으로 돌아왔다. 그리고 새로운 난제를 마주하게 되었다.

설인보가 이끄는 황군을 암중에서 돕기 위해 부른 풍사와 광풍대에 전 검후인 검영과 독후 이이아스가 동행했던 것이다.

소위 여난(女難)이었다.

"이미 행동을 개시했고, 네 군데의 전초기지를 해산시켰습니다."

풍사가 해산이라고 말하는 이유는 저들이 황군의 보급로를 차단하기 위해 마련한 전초기지들이 새롭게 구축된 것이 아니라 기존에 유민들이나 유목민들이 모여 사는 지역을 이용하기 때문이다.

부녀자들은 물론, 아이들까지 함께 있어서 공략하는 데 꽤나 애를 먹고 있다는 것이 풍사의 보고였다.

"처음에 척후를 보내서 그와 같은 사실을 확인하고 내심 부녀자와 아이들을 인질로 활용하면 어쩌나 걱정을 많이 했는데, 의외로 그런 포악을 부리지 않아서 그나마 다행이었습니다. 싸움이 벌어지면 부녀자와 아이들부터 챙기더군요."

"그게 그들 간의 약속이었겠지. 장소를 제공하는 대신 최대한 안전을 보장한다는, 뭐 그런 거 아닐까?"

"저도 그렇게 파악했습니다. 사실 몽고군의 상당수가 그들로부터 나왔을 테니, 어쩔 수 없는 일일 겁니다."

"어쩔 수 있던 없던 약속을 지킨다는 것이 기특하군."

사실이었다.

이건 아르게이의 인물을 엿볼 수 있는 상황이었다.

전쟁이 나면 아녀자와 아이 등 노약자들부터 챙긴다는 것이 기본이긴 하지만, 그걸 지키는 것은 실로 만만치 않았다.

실제로 그걸 지키는 지휘관보다 지키지 않는 지휘관이 더 많은 것이 보통이었다.

노약자를 지키기 위해서 승리를 포기하는 지휘관은 세상에 그리 흔치 않는 것이다.

"그래도 애들은 아주 신났습니다."

풍사가 웃으며 부연했다.

"예전 기분이 난다고요."

설무백은 수긍했다.

"그럴 만도 하지. 대막이 좁다고 그리 설치며 돌아다니던 애들이 수년 간이나 골방에 처박혀 있던 꼴이니 답답하기도 했을 거야."

"뭐 그래도 다른 실수는 안 할 겁니다. 단도리를 잘해 두었습니다."

"알아. 거칠 뿐이지 나쁜 놈들은 아니니까."

설무백이 바로 인정하며 웃었다.

풍사가 따라 웃으며 그런 그를 바라보다가 문득 고개를 갸웃거렸다.

"그런데 궁금한 것이 하나 있습니다."

"뭐?"

어서 말해 보라는 설무백의 태보를 본 풍사는 대답을 뒤로 미룬 채 주변을 둘러보았다.

그들의 주변에는 공야무륵과 혈뇌사야 등 기존의 일행을 제외하고도 다수의 인물이 자리하고 있었다.

풀르흔도르곤과 광소, 허완종, 단목진양, 그리고 설무백을 따라온 에지고고매와 그녀의 수족과 같다는 두 명의 여진족 용사가 바로 그들이었다.

지금 풍사는 이 자리에서 얘기해도 좋을지 모를 민감한 사안임을 내비치고 있는 것이다.

설무백은 바로 그 상황을 간파하며 가볍게 웃는 낯으로 말했다.

"괜찮으니까 그냥 말해. 그게 무슨 말이든지 간에 풍 아재의 얘기를 듣고 다른 마음을 먹을 사람은 이 자리에 없으니까. 여진족은 이번 싸움에 나서지 않기로 결정하고 벌써 몽고의 혈맹에서 이탈했고, 풍 아재가 지금 가장 거슬려하는 단목 대영반은 내가 이 싸움에 나섰다는 것을 아버지께 비밀로 붙이기로 이미 나와 약속했거든."

풍사가 의외라는 표정으로 물었다.

"주군이 나선 것이 설 장군님에게는 비밀인 겁니까?"

설무백은 어깨를 으쓱하며 대꾸했다.

"대충 서로 알면서 모르는 것처럼 넘어가는 비밀 아닌 비밀

이랄까? 풍 아재도 잘 알잖아, 그분의 자존심."

"아……!"

풍사가 수긍하며 어색하게 웃는 참인데, 시종일관 묵묵히 그들의 대화를 듣고 있던 단목진양이 슬며시 이맛살을 찌푸리며 끼어들었다.

"끼어들 자리가 아닌 것 같은데, 끼어들어서 죄송합니다만, 제가 왜 지금 저치의 눈에 가장 거슬리는 존재인 겁니까?"

설무백은 피식 웃으며 대수롭지 않다는 투로 대답했다.

"풍 아재가 원래 마적단 두목 출신인데, 당시 금의위와 자주 부딪쳤거든요. 동창에게 이용당한 적도 있고. 해묵은 감정이긴 하지만, 지금은 그저 추억으로 간직하고 있는 지난날의 순정 같은 거니까, 그리 신경 쓰지 않아도 돼요."

단목진양이 못내 놀란 표정을 지었다.

이제야 풍사의 정체를 알아본 것이다.

그는 새삼스러운 눈빛으로 풍사를 바라보았다.

"대막의 광풍사!"

풍사가 시큰둥하게 대꾸했다.

"지금은 풍잔의 일원인 광풍대요."

단목진양이 어색하게 웃으며 말을 받았다.

"그 내막은 나도 들어서 잘 알고 있소. 이제 보니 그대가 바로 광풍사의 대랑이었구려."

그가 공수했다.

천외천의
주인

"이렇게 만나게 되어서 반갑소. 당금 금의위를 책임지고 있는 단목진양이오."

풍사가 때 아닌 단목진양의 인사에 머쓱해했다.

설무백은 눈치를 주었다.

"하여간, 누가 대막 촌놈 아니랄까 봐서. 아직도 사교성이 그 모양인 거야?"

풍사가 실로 계면쩍은 표정으로 싫지만 어쩔 수 없다는 듯 단목진양을 향해 마주 공수했다.

"풍사요."

그리고 지금 자신의 표정이 어떨지 심히 걱정되는지 급히 설무백을 향해 고개를 돌리며 애초의 화제로 돌아갔다.

"다름이 아니라, 굳이 저희들이 나서지 않았어도 되었지 않나 싶습니다."

설무백은 이해할 수 없었다.

"무슨 소리야?"

풍사가 설명했다.

"확인해 본 결과 실로 다수의 보급로가 확보되어 있었습니다. 게다가 그 대부분은 북평의 지원군이 전하는 보급이 아니라 중원 각지의 도성에서 보내지는 보급이었습니다."

"그래?"

"대략 십여 개의 보급로라, 이 땅이 제아무리 저들의 지역이라고 해도 그걸 다 차단하기란 어려울 겁니다. 저도 이런 경우는 처음이라 이렇다하게 단정할 수 없는 일이지만, 아무래도 설 장군께서 사전에 저들이 보급로를 차단할 것으로 예상하고 마련해 둔 대책이 아닌가 싶습니다."

"과연 그럴 수 있겠네. 내가 명색이 아들이면서 문절이라는 아버지를 너무 얕본 건가 그럼?"

설무백은 무색해진 표정으로 풍사의 말에 동의하다가 이내 고개를 갸웃거렸다.

"풍 아재 스스로 잘도 답을 찾아내 놓고, 대체 뭐가 이해할 수 없다는 거야?"

풍사가 울상도 아니고 웃는 상도 아니게 애매한 표정으로 미간을 찌푸리며 말을 받았다.

"제가 이해할 수 없는 건 그게 아니라, 그렇게 확실한 보급로가 확보되어 있음에도 불구하고 설 장군님의 진군이 너무 더디다는 겁니다. 얘기를 들어 보니, 비록 멀긴 해도 험한 지형을 돌아가는 것은 이해하겠는데, 날이 더우면 덥다고 쉬고, 밤이 늦으면 늦었다고 진군을 멈춘다고 하네요. 그게 마치…… 에, 그러니까……?"

풍사가 선뜻 말을 끝맺지 못하고 진땀을 흘리면서 애써 말을 골랐다.

그로서는 감히 있는 그대로 얘기할 수가 없는 것이다.

설무백은 짐짓 예리하게 풍사를 바라보며 대신 말했다.

"일부러 시간을 끄는 것처럼 보인다 이거지?"

풍사가 당황하며 잠시 뜸을 들이다가 인정했다.

"예, 바로 그겁니다."

설무백은 짐짓 냉정하게 다시 물었다.

"싸우기 싫어서 고의로 말이지?"

풍사가 에둘러 대답했다.

"딱히 그렇다기보단 뭔가 다른 이유가 있지 않나 해서……."

"다른 이유가 뭐 있겠어."

설무백은 웃는 낯으로 잘라 말했다.

"그냥 싸우기 싫은 거지."

풍사가 당황했다.

"아니, 저는 그렇게 단정하는 것이 아니라……!"

설무백은 바로 말을 잘랐다.

"아니, 싸우기 싫어서라니까."

풍사는 지금 설무백이 화를 내는 것이라고 생각했는지 정색하며 거듭 부정했다.

"저는 그렇게 단정한 것이 아니라니까요."

"나 원 참……!"

설무백은 지금 풍사가 왜 극구 부정하는지 알기에 절로 실소하며 힘주어 다시 말했다.

"풍 아재가 그렇게 단정하든 안 하든 진짜로 싸우기 싫어서 시간을 끄는 거라고."

"예……?"

풍사가 이제야 그가 화를 내는 것이 아니라 사실을 말하는 거라고 느낀 듯 어안이 벙벙해진 표정을 지었다.

설무백은 픽 웃으며 설명해 주었다.

"정확히는 다른 싸움을 위해서 시간을 끄는 거야. 소위 미끼가 되신 거지."

풍사도 한때 작지 않은 조직을 이끌던 사람이었다.

오해가 풀리자, 바로 알아들었다.

"하면, 누군가 배후를 치는……?"

설무백은 웃었다.

"이제야 제대로 알아들었네. 그래, 바로 그거야. 그래서 일부러 진군을 늦추고 있는 거라고."

"하지만 남은 병력이……?"

풍사가 고개를 갸웃하며 의혹을 드러내다가 바로 입을 닫았다.

설무백의 시선이 곁에 자리한 단목진양에게 돌려졌기 때문이다.

설무백이 짐짓 혀를 찼다.

"풍 아재도 감 다 됐네. 금의위 대영반이 여기까지 나선 것을 보고도 그런 생각을 하다니 말이야."

풍사가 이제가 사태를 명확히 파악했다.

"금의위와 동창입니까?"

단목진양이 설무백을 대신하듯 나서며 대답했다.

"금의위는 아니오. 동창과 육선문이 나설 거요."

사실을 말하자면 그는 설마하니 설무백이 정말로 사실을 밝힐까 반신반의하고 있었다.

보다 정확히 말하면 전전긍긍하고 있었다고 봐야 했다.

이번 황군의 작전은 실로 극비 중에서도 극비에 해당하기 때문이다.

그런데 설무백이 아무렇지도 않게 사실을 털어놓았다.

아무리 믿는 수하라고는 하나, 또한 싸움을 포기했다고는 하나, 여진족의 칸이 있는 자리에서 말이다.

그래서 전에 없이 예의도 차리지 않고 불쑥 나선 것이다.

그다음에 그는 굳어진 안색, 거북해진 눈빛으로 설무백을 바라보며 물었다.

"본인은 잘 모르겠군요. 정말로 이 자리에서 그 사실을 밝혀도 되는 건지 말입니다."

못내 걱정하는 것이 아니라 작심하고 뱉어 낸 질책이었다.

설무백은 그것을 느끼며 웃었다. 그리고 단목진양을 향해 불쑥 물었다.

"내가 지금 이 자리에서 가장 믿지 못하는 사람이 누군지 알아요?"

단목진양이 눈치는 있어서 적이 당황하며 반문했다.

"저라는 말씀입니까?"

설무백은 고개를 끄덕이는 것으로 인정하며 시선을 돌려서 허완종을 바라보았다.

"그리고 저 사람까지죠."

단목진양이 이해할 수 없다는 표정을 지으며 물었다.

"어째서 그렇습니까?"

설무백은 대수롭지 않게 대꾸했다.

"지금 이 자리에서 나와 상관없이 다른 사람의 명령을 수행하는 사람은 그쪽, 두 사람뿐이니까요."

단목진양이 한 방 맞은 듯한 표정으로 굳어졌다.

분명 할 말이 많은 표정이었으나 애써 억누르고 모습이었다.

설무백은 충분히 이해할 수 있었다.

단목진양은 그의 말에 내포되어 있는 의미를 느낀 것이다.

설무백이 믿지 못한다는 말의 이면에 당금 황상이 자리하고 있다는 사실을 말이다.

그래서 항변하지 않는, 아니, 항변하지 못하는 것이다.

항변했다가 설무백이 그것마저 드러낼까 봐, 감히 황상을 믿지 못한다는 말을 뱉어 낼까 봐 두려운 것이다.

여태 그가 지켜본 설무백은 충분히 그러고도 남을 사람이기 때문이다.

설무백은 그런 단목진양의 속내를 익히 짐작하기에 굳이 웃는 낯으로 말을 더했다.

"때론 믿지 못한다는 말을 나쁘게만 들을 것도 아닙니다. 자기 자신보다 뛰어난 사람이기에 감히 그 흉금을 짐작하기 어려워서 믿지 못하는 경우도 있으니까요. 나는 이거다 싶은데 사실은 이게 아닌 경우라면 실로 난감하지 않겠습니까."

나름 위로가 되었던 것일까?

단목진양이 굳은 안색을 풀며 애써 웃는 낯으로 고개를 끄덕였다.

"하긴, 그렇기도 하지요."

설무백은 자신의 마음이 제대로 전달된 것인지 알 수 없어서 한마디 더해 주려다가 그만두었다.

귀매 사사무가 돌아와서 그에게 전음을 보냈기 때문이다.

—이제 곧 만찬이 시작됩니다.

설무백은 자신도 모르게 한숨을 내쉬었다.

당장에 서둘러서 가 봐야 할 텐데, 아직 해결하지 못한 문제가 남아 있었기 때문이다.

장내에서 처음부터 끝까지 그들의 대화와 상관없이 시종일관 입을 다문 채 서로가 서로를 주시하며 기 싸움을 버리고 있는 검영과 이이아스, 그리고 에지고고매가 바로 싫지만 어쩔 수 없이 그가 해결해야 할 문제인 것이다.

'어떻게 한다?'

설무백은 아무리 생각해도 문제를 제대로 해결할 방법이 떠오르지 않았다.

지금 그가 나서는 것은 쓸데없이 풀숲을 건드려서 뱀을 놀라게 한다거나, 꺼져 가는 잔불을 건드려서 불길을 키우는 짓이라는 생각밖에 들지 않았다.

괜히 어설프게 중재했다가는 오히려 화를 자초하는 짓이라는 생각만이 강하게 드는 것이다.

적어도 그는 그 정도로 여자에 대해서 무지했다.

그래서 결국 그가 선택할 방법은 하나밖에 없었다.

무시였다.

"벌써 다 모였나?"

설무백은 애써 그녀들의 대치를 외면하며 물었다.

전음으로 받은 얘기를 대놓고 말로 질문한 것이다.

대번에 좌중의 이목이 그에게 집중되었다.

은연중에 기 싸움을 벌이고 있던 검영과 이이아스, 에지고고매도 처음으로 관심을 보였다.

설무백의 무시가 빛을 발한 것이다.

암중의 사사무가 돌발적인 그의 태도에 당황한 듯 잠시 머뭇거렸으나, 이내 나름 그의 의중을 짐작한 듯 마찬가지로 전음이 아니라 목소리를 내서 대답했다.

"아직 삼전오문구종의 주인들이 다 모인 것은 아닌 것 같습니다. 다만 악초군을 비롯한 마교총단의 요인들과 야율적봉이 이끄는 유명전의 인원, 그리고 아르게이가 주도하는 몽고 진영의 핵심 인물들은 거의 다 집결했으니, 곧바로 시작할 겁니다. 대외적으로 알려진 이번 만찬의 주체는 그들이니까요."

설무백은 묵묵히 고개를 끄덕이다가 슬쩍 풍사에게 시선을 주며 물었다.

"제갈명이 내게 전하라는 말이 뭐였지?"

풍사가 선뜻 대답하지 않고 머뭇거리다가 입을 열었다.

그는 이미 말해 주었고, 설무백은 그걸 잊을 사람이 아닌데, 굳이 이 자리에서 다시 묻는 바람에 잠시 주춤했으나, 이내 그럴 만한 이유가 있을 거라고 생각하며 대답하는 것이다.

"굳이 이런 회합들을 가지는 악초군의 저의가 심히 의심스럽다고 했습니다. 제갈 군사의 생각으로는 두 가지 의심이 드는데, 하나는 주변의 이목을 이쪽으로 끌어 놓고 전격적인 중원 진출을 감행할 수도 있다는 것이고, 다른 하나는 회합을 빌미로 주변을 정리하려는 것일 수도 있다고 합니다."

설무백은 고개를 끄덕이며 말했다.

"전자의 경우는 나도 생각한 바라서 나름 조치를 취했지. 그게 부족하다고 하던가?"

풍사가 대답했다.

"아닙니다. 주군께서 보내 주신 인원으로 충분한 대비할 수 있게 되었다고 말했습니다. 적어도 마교의 무리가 하서회랑을 통해서 중원으로 입성하는 일은 없을 거라고 하더군요. 마지막 길목인 난주를 통과하지 못할 테니까요."

난주에는 풍잔이 있는 것이다.

즉, 설무백이 보내 준 인원들로 인해서 마교의 무리가 어떤 수작을 부려도 풍잔을 통과할 수는 없다는 뜻이었다.

"따라서……."

풍사가 계속 말했다.

설무백이 고개를 끄덕이는 것으로 계속 말하라는 뜻을 전했기 때문이다.

"제갈 군사는 후자의 경우에 더 높은 가능성을 점치고 있습니다."

"악초군이 주변을 정리한다는 것이 정확히 어떤 뜻이라고 했지?"

대답하는 설무백의 시선이 풀라흔도르곤에게 고정되었다.

풀라흔도르곤에게 잘 들으라는 의미였다.

풍사가 대답했다.

"악초군은 몽고군의 필요성을 느낄 테지만, 자신의 뜻대로 움직일 수 있는 몽고군이 필요한 것이지 자신의 뜻대로 움직일 수 없는 몽고군이 필요한 것은 아닐 거랍니다."

풀르흔도르곤의 안색이 심각하게 굳어졌다.

설무백은 그런 그의 기색을 예의 주시하며 풍사의 말을 받았다.

"결국 이번 회합이 홍문지연(鴻門之宴)일 수도 있다는 소리네?"

홍문지연은 과거 한고조 유방(劉邦)이 홍문(鴻門)에서 열린 연회에서 자신을 제거하려는 역발산기개세(力拔山氣蓋世) 항우(項羽)의 음모를 잘 대처하고 살아남은 고사에서 유래한 성어로, 겉과 속이 다른 상황을 가리키거나 살벌한 정치적 담판을 의미한다.

제갈명은 악초군이 이번 회합을 그런 홍무지연처럼 이용할 수도 있다고 판단하는 것이다.

풍사가 바로 수긍하며 대답했다.

"예, 그렇습니다. 악초군은 이번 회합을 통해서 몽고의 대칸 아르게이를 죽이고, 자신이 원하는 자를 그 자리에 앉히려는 생각을 가졌을 수도 있다는 것이 제갈 군사의 예측입니다."

설무백은 고개를 끄덕이며 수긍하는 것처럼 행동하면서 수긍하지 못하는 것처럼 말했다.

"확실히 그건 내가 미처 예상하지 못한 부분이었어. 아니, 아주 안 해 본 생각은 아닌데, 가능성이 희박하다고 생각해서 무시해 버렸지. 야율적봉이 있으니까."

"야율적봉이 아르게이의 편에 설 거라고 생각하신 겁니까?"

"그건 중요하지 않아. 야율적봉이 그 자리에 있다는 게 중요하지."

"무슨 말씀이신지 저는 도통……?"

"객관적으로 악초군과 야율적봉의 전력이 막상막하, 엇비슷해. 개인적으로나 세력으로나 말이야. 삼전오문구종의 주인들은 자기들 대체로 거의 다가 중립이라고 했거든. 그래서 설령 악초군이 아르게이를 처치하려고 나서도 야율적봉이 아르게이 편에 서지는 않을 거야. 잘해야 양패구상(兩敗俱傷)이고, 여차하면 동귀어진(同歸於盡)인 걸 뻔히 알고 있을 테니까."

"그럼 악초군의 뜻대로 되는 거 아닌가요?"

"아니, 야율적봉이 나서지 않고 침묵했다고 해서 악초군이 아르게이를 처치한 성과를 혼자서 다 가질 수 없어. 야율적봉이 나섰다면 성공할 수 없는 일일 테니까. 야율적봉이 침묵했기에 성공했으니 마땅히 대가를 지불해야 하는 거지."

설무백은 설명 끝에 고개를 갸웃하며 의문을 제기했다.

"악초군이 과연 그걸 알면서도 야율적봉 앞에서 아르게이를 제거하려고 할까?"

풍사가 대답했다.

"얘기가 복잡하긴 합니다만, 제갈 군사가 그러더군요. 그간 파악한 악초군의 행동을 보면 내일 일을 오늘 걱정하는 종자가 아닌 것 같다고요."

설무백은 절로 기꺼운 표정으로 미소를 지었다.

과연 제갈명이었다.

내색은 삼가고 있었으나, 제갈명은 그가 못내 께름칙하게 생각하고 있던 부분을 정확히 꼬집은 것이다.

"그래 그럴 수도 있지."

설무백은 이제야 한 발 물러서서 제갈명이 전해 준 의견에 동의했다.

그리고 풀라흔도르곤을 향해 물었다.

"그렇다면 하나만 묻지. 대칸 아르게이는 지금 이대로 죽어도 좋을 사람인가?"

풀라흔도르곤이 침음을 흘리며 고심하다가 대답했다.

"그건 나도 잘 모르겠소. 다만 내가 아는 것은 한 가지요. 그가 죽으면 몽고 지역은 다시 예전으로 돌아가서 대칸의 자리를 차지하기 위한 혈투가 벌어질 거요. 그들이 내세우는 어느 누구도 그를 대신할 수 없을 테니까 말이오."

설무백은 의미심장하게 물었다.

"당신 같은 사람도?"

풀르흔도르곤이 추호도 망설이지 않고 대답했다.

"그들이 나 같은 사람을 내세울 리는 없기에 하는 말이오. 그들은 도구가 필요한 것이지 동료가 필요한 게 아니지 않소."

설무백은 묵묵히 고개를 끄덕이는 것으로 동의했다.

수족처럼 말 잘 듣는 사람이 필요한 그들이 자신만의 가치관을 가지고 사고하는 사람을 내세울 리는 없었다.

"그럼 결국 살려야 한다는 소리군."

설무백의 말을 들은 좌중의 모두가 그저 침묵했다.

그들로서는 감히 나서서 왈가왈부할 수 없는 문제인 것인데, 오직 한 사람, 단목진양은 달랐다.

그의 침묵은 다른 사람들과 달리 놀람과 당황에 기인하고 있었다.

이내 그가 정신을 차린 표정으로 나서며 물었다.

"지금 아르게이를 돕겠다는 겁니까?"

설무백은 적이 민감하게 반응하며 나서는 단목진양의 모습에서 무엇을 걱정하는지가 눈에 보였다.

단목진양의 입장에서는, 아니, 정확히 말하면 단목진양이 명령을 받는 당금 황상의 입장에서는 이유 여하를 막론하고 아르게이의 죽음은 마다할 일이 아니었다.

아르게이는 들개처럼 무리지은 채로 뿔뿔이 흩어져서 살고 있던 몽고를 하나로 통일했으며, 끝내 그 힘으로 중원을 노리는 적국의 수괴인 것이다.

설인보 장군이 이끄는 황군을 미끼로 내세우고 극비리에 배후를 기습한다는 동창의 이번 작전도 결국 아르게이가 표적이 아닌가 말이다.

"아르게이를 돕겠다는 것이 아니라 살리겠다는 거요."

단목진양이 못내 경악된 목소리로 따지듯이 물었다.

"그게 뭐가 다른 겁니까?"

"아주 많이 다르죠."

설무백은 단호한 어조로 잘라 말했다.

"아르게이가 살면 사람이 중원을 노리는 거지만, 아르게이가 죽으면 짐승이 중원을 노리게 됩니다. 어느 쪽을 선택할래요?"

"……!"

단목진양이 선뜻 뭐라고 대꾸할 말이 떠오르지 않는지 그대로 굳어졌다.

설무백은 무심하게 한마디 더했다.

"사람은 생각이라는 것을 하지만, 짐승은 그런 게 없어요. 그저 주인이 시키는 대로 물어뜯지요. 설마 중원의 백성들이 그런 짐승의 먹이가 되기를 바랍니까?"

"하지만……!"

"내가 아르게이와 단판을 짓도록 하죠."

설무백은 이러지도 저러지도 못하다가 못내 나서는 단목진양의 말문을 다시 막았다.

그리고 지난날 당금 황상이 왕부시절에 하사한 용봉패를 꺼내서 바닥에 내려놓았다.

단목진양이 탁자에 놓인 용봉패를 확인하고는 다급하게 앉아 있던 의자 뒤로 물러나서 바닥에 엎드려 머리를 조아렸다.

"신하 단목진양이 황상의 신패를 뵙니다!"

장내의 모두가 두 눈을 휘둥그렇게 뜨며 놀라는 가운데, 설무백은 머쓱해졌다.

실로 그가 처음으로 대하는 용봉패의 신위인 것이다.

설무백은 애써 내색을 삼가며 말했다.

"일이 잘못되면 내가 책임집니다!"

단목진양이 두말없이 이마를 바닥에 찧으며 승복했다.

"비공의 뜻대로!"

설무백은 본의 아니게 새삼 머쓱해졌다.

애써 내색을 삼간 그는 탁자에 꺼내 놓은 용봉패를 품에 갈무리하며 일어나서 밖으로 나섰다.

단목진양이 그제야 고개를 들고 일어나서 그를 배웅했다.

설무백은 자리를 떠나며 말했다.

"상황이 어떻게 변할지는 아무도 몰라요. 그러니 지금 여기서 했던 얘기는 차후에 보고하도록 해요. 일이 틀어지든, 틀어지지 않든 바로 사람을 보낼 테니까."

"예, 알겠습니다!"

단목진양이 바로 고개를 숙이며 수긍했다.

이전과 달리 더 없이 순종적인 태도였다.

당금 황상에 대한 그의 충성심이 어느 정도인지를 충분히 엿볼 수 있는 대목이었다.

설무백은 못내 거북했다.

이런 사람으로 보여서 앞서도 그는 좌중에서 가장 믿을 수 없는 사람으로 단목진양을 지목했던 것이다.

단목진양은 당금 황상의 명령이라면 지금 당장이라도 그의 등에 비수를 꽂을 수 있는 사람이었다.

'아버지 앞에서는 절대 내보여서는 안 되는 물건이네.'

괜히 그냥 드는 생각이 아니었다.

냉철한 면에서 엄연한 차이가 나긴 하지만, 의부인 설인보의 성품도 단목진양과 별반 다르지 않는 사람임을 그는 익히 잘 알고 있었다.

'이유야 어쨌든 아버지에게 오체투지(五體投地)를 받는 불효자가 될 수는 없지.'

본의 아니게 그런 실없는 생각까지 하면서도 발길을 서두르던 설무백은 어느 한순간 절로 발길을 멈추고 말았다.

쾅-!

은근하면서도 묵직한 폭음이 터지며, 뒤를 이어 저편 밤하
늘에서 뭉게구름처럼 희뿌연 연기를 동반한 붉은 화망이 치솟
고 있었다.

아르게이의 몽고군이 주둔한 지역, 만찬이 벌어지는 바로 그
장소의 밤하늘이었다.

"내가 너무 늦었나?"

설무백은 짧은 자책과 동시에 그 자리에서 사라졌다.

같이 이동하던 동료들의 존재를 의식하지 않고 전력을 다한
신법을 펼친 결과였다.

나중에 밝혀진 사실이지만, 사태의 발단은 어이없다 못해 기
가 막히게도 너무나 사소했다.

아니, 억지라고 봐야 했다.

아르게이의 뭉고군이 점거한 장원의 중정에서였다.

만찬을 주관하는 아르게이는 그저 휑하게 넓기만 하던 그곳
을 사방에 오색의 화등(華燈)을 내걸어서 화려한 만찬장으로 바
꾸어 놓았고, 나름 저마다의 입장을 세심하게 고려해서 따로 상
석을 마련하지 않은 채 동서남북 네 방향에 자리를 마련했다.

아르게이를 비롯한 몽고군의 수뇌부가 북쪽의 자리, 악초군
을 위시한 마교총단의 요인들이 서쪽의 자리, 야율적봉을 따르
는 유명전의 고수들이 동쪽의 자리, 나머지 삼전오문구종의 주

인들이 남쪽의 자리였다.

분위기를 돋으려는 가락은 물론, 흔히 볼 수 없는 볼거리도 준비되었다.

한쪽에서는 몽고 특유의 타악기들과 중원의 악기인 호금(胡琴)과 호적(胡笛), 비파와 통소가 어우러진 흥겨운 연주가 흥을 돋우고, 다른 한쪽에서는 중원의 거대한 도심의 저잣거리에서나 볼 수 있는 광대들의 공연이 펼쳐졌다.

우스꽝스럽게 분장한 난쟁이가 이리저리 뛰며 재주를 넘었다.

빼어난 미색의 소년과 소녀가 높은 줄 위에서 아슬아슬한 묘기를 연출하는 가운데, 그 아래서는 우락부락한 상체를 드러낸 두 명의 거한이 각기 목에 창대와 창끝을 대고 서로 밀어붙여서 창을 휘게 하는 은창자후(銀槍刺喉)를 선보이고, 그 옆에서는 횟가루로 해골 분장을 한 사내가 입에 한가득 기름을 물고 있다가 불을 토해 냈다.

사람들이 모이기 전부터 시작된 공연이었다.

이 또한 자신의 선언으로 말미암아 자칫 험악해질 수도 있는 분위기를 누르려는 아르게이의 세심한 배려였다.

이때까지는 아무런 문제가 없었다.

만찬에 참가하는 마교의 무리 모두가 일말의 거부감이나 불편한 기색 없이 자리를 잡고 앉았다.

서로 간에, 정확히는 악초군의 무리와 야율적봉의 무리 사이에 긴장된 분위기가 아주 없었던 것은 아니지만, 적어도 살벌한 느낌은 들지 않았다.

문제는 그다음에 벌어졌다.

모두가 자리를 잡고 앉자 아르게이가 나서서 연회의 시작을 알리기 위해 왁자한 공연을 중지시켰을 때였다.

악초군이 대뜸 손을 들어서 좌중의 이목을 끌더니, 야율적봉의 진영과 자리를 바꾸어 달라고 청했다.

자신은 서쪽과 사대가 맞지 않는다는 것이 이유였다.

야율적봉이 그걸 거부했다.

기실 야율적봉은 동서남북 어느 쪽이든 아무런 상관이 없었을 테지만, 악초군이 바꾸자니 거절한 것이다.

일종의 기싸움이었다.

아르게이가 나서서 중재했다.

각각의 자리를 조금씩 비틀어서 동서남북이 아닌 동서과 서북, 북동, 동남으로 하자고 제안했다.

마교총단의 단주인 혁련보가 나서서 적극 동의하는 것으로 그에게 힘을 보테 주었다.

그런데 이번에는 야율적봉이 먼저 나서서 거절했다.

자신은 중복되는 방향과 사대가 맞지 않는다는 것이 이유였다.

"그럼 어쩔 수 없지."

악초군이 자리를 털고 일어났다.

아르게이는 악초군이 자신의 뜻대로 되지 않자 그냥 만찬장을 떠나려는 것으로 보았다.

역시나 기싸움의 일환으로 보았던 것이다.

그래서 굳이 막지 않았다.

대신 그 자리에서 그냥 마교와의 인연을 끊겠다는 자신의 생각을 밝히려 했다.

그도 나름 한 성격 한다면 하는 사람인 것이다.

그러나 악초군의 뜻은 그의 생각과 달랐다.

자리를 털고 일어나서 덧붙인 그의 말이 그것을 일깨워 주었다.

"뺏어야지."

아르게이가 이게 뭐지 하는 그 순간, 순간적으로 들린 악초군의 쌍수가 야율적성을 향해 뻗어졌다.

쐐애애애액─!

엄청난 파공음을 동반한 무형의 강기가 그의 손으로부터 빨랫줄처럼 직선으로 뻗어 나갔다.

"천마지존강(天魔至尊罡)!"

야율적봉이 경악과 불신에 찬 두 눈을 크게 부릅뜨며 반사적으로 쌍수를 내밀었다.

그의 손에서 구름처럼 뭉클 일어난 묵빛의 강기가 악초군이 쏘아 낸 강기를 마주했다.

꽝─!

벽력이 치고 뇌성이 울었다.

상상도 할 수 없는 엄청난 강기의 폭풍이 일어나서 장내를 휩쓸었다.

대지가 진동하며 땅거죽이 뒤집어지고, 조각난 파편들이 사방으로 비산했다.

그들이 자리한 중중을 에워싸고 있는 건물들이 지진을 만난 것처럼 크게 흔들리며 일각이 부셔져서 무너져 내렸다.

사방을 밝히고 있던 등불이 어지럽게 휘날리며 주변의 건물을 불태우기 시작했다.

그것이 바로 만찬장으로 달려오던 설무백의 시야에 들어온 모습이었다.

그리고 그다음은 곧바로 아수라장이었다.

그들, 두 사람의 경천동지할 격돌에 나가떨어져서 피를 흘리는 사람들이 정신을 차릴 사이도 없었다.

장내에 자리하고 있던 사람들 사이에서도 느닷없이 죽고 죽이는 싸움이 벌어졌던 것이다.

"으악!"

"크아악!"

단말마의 비명이 꼬리를 물고 이어지며 붉은 피와 조각난 살점이 어지럽게 난무했다.

누가 적이고 누가 아군인지 알 수 없는 난전, 그야말로 한 장의 지옥도가 펼쳐지고 있었다.

적이 눈에 보이지 않아서가 아니었다.

어제 같이 술을 마시며 노닥거리던 동료가 느닷없이 뽑아 든 비수로 가슴을 찔렀다.

아침까지만 해도 그간 임무를 훌륭히 수행했다고 치하하며 거창한 상을 하사하겠다던 상관이 가차 없이 수하의 목을 베어 버렸다.

그러나 그 속에서 가장 치열한 격정이 벌어진 것은 삼전오문 구종의 주인들이 자리한 남쪽의 자리였다.

사왕전의 주인인 적미사왕이 돌발적으로 독왕전의 주인인 광혼독신(狂魂毒神)을 기습했다.

비록 기습이 실패해서 목을 베는 것은 실패했으나, 광혼독신 의 한족 팔이 잘려져 나갔다.

지난날 모종의 이유로 죽었다고 알려진 오행마신 단천양의 뒤를 이어 오행마가의 주인이된 음양유마(陰陽儒魔) 광척(廣拓)과 광천문의 주인인 광천패도 부의기를 기습했고, 귀천마가(鬼天魔家)의 주인인 귀천마종(鬼天魔種) 음조양(陰助量)이 백선마가(白仙魔家)의 주인인 백안마신(白眼魔神)을 공격했다.

마교구종의 종사들도 같은 상황이었다.

내막은 모르겠으나, 오늘 만찬에 참가하지 않은 생사교와 신 녀교, 일월교를 제외한 나머지 여섯 종파의 종사들과 그 예하 의 수하들이 눈 깜짝 할 사이에 한데 뒤엉켜서 혈전을 벌이고 있었다.

워낙 졸지에 벌어진 사태라 누가 누구를 먼저 공격한 것인지
를 확인할 수 없는 난장판이요, 아수라장이었다.

그런데 한순간 상황을 더욱 어지럽고 살기 넘치도록 만드는
사태가 추가되었다.

사방의 벽을 넘어서 날아든 수백의 복면인들이 전장에 합류
했다.

사태가 발발하는 순간부터 사방에서 모여들고 있던, 하지만
정작 감히 싸움에는 나서지 못한 채 구경꾼으로 전락해 버린
몽고의 병사들과는 확연하게 다른 분위기를 풍기는 살인귀들
이었다.

"크르르르……!"

짐승의 울부짖음 같은 소리를 나는 그들, 복면인들은 대체
누가 적이고 누가 아군인지 모르게 닥치는 대로 가차 없는 살
수를 펼쳤다.

가뜩이나 아수라장인 전장이 더욱더 정신을 차리기 어려운
혼돈의 도가니로 변해 버렸다.

그들, 복면인들의 정체가 이내 드러났다.

감정이 없는 무감동한 눈빛과 강력하지만 부드럽지 않은 그
들의 동작이 그것을 말해 주었다.

강시들이었다.

그 순간, 지근거리의 지붕 위에 나타나서 크게 웃어젖히는
선풍도골의 노인 하나가 있었다.

"음하하하……! 이놈들! 그동안 본좌를 두고 능력도 없는 종자가 선봉에 나서서 물을 흐리고 마교의 자존심을 구긴다고 조롱했었지? 과연 정말 그런 건지 너희들이 한번 직접 경험해 봐라! 음하하하……!"

노인의 광소성과 우렁찬 외침에는 심후한 내공이 포함되어 있어서 장내의 모두가 정확히 들을 수 있었다.

아니, 그게 아니더라도 지금의 전장에는 수십 장 밖에서 떨어지는 바늘 소리도 능히 간파할 수 있는 고수들이 적지 않았다.

마교총단의 요인들과 삼전오문구종의 종사들이 바로 그들이었다.

그들, 모두가 치열한 격전의 아우성 속에서도 노인의 외침을 정확히 듣고 저마다 노인의 정체를 확인했다.

제아무리 정신없이 싸우는 와중이라고 해도 확인할 수밖에 없는 목소리였기 때문이다.

놀랍게도 목소리의 주인은 바로 천사교주였다.

다들 이번 만찬에 참석할 수 없다고 생각했고, 실제로 참석하지 않았던 그가 대규모 강시들을 이끌고 난입한 것이다.

그 때문이었다.

천사교주의 등장으로 말미암아 앞뒤가릴 사이도 없이 적아를 구분하기 어려운 격전장으로, 그야말로 아수라장으로 변해 버렸던 장내의 상황이 새로운 국면으로 접어들었다.

천사교주의 등장과 강시들의 행태로 말미암아 적과 아군이 확연하게 구분되었다.

유명전의 고수이자 지옥삼룡의 대형인 무진광룡 야율척의 발작적인 외침이 기폭제였다.

"혈미향(血微香)이다! 혈미향을 뿌린 것들이 한통속이다!"

강시는 적아를 구분하지 못한다.

오직 주인만을 기억하며 주인의 명령만을 따를 뿐이다.

제아무리 상승의 대법을 통해서 만들어진 강시도 사람의 이성을 가지지는 못하기 때문이다.

따라서 강시의 주인은 혹은 강시가 주인으로 인식한 사람은 싸움의 현장에서 각각의 강시에게 일일이 다 누구를 공격하고 또 누구를 공격하지 말아야 하는지를 지시해야 하는데, 그로 인해 다수의 강시를 싸움에 투입하는 경우는 드물다.

그런데 지금 전장에 난입한 강시들은 일견 마구잡이로 아무나 다 무차별하게 공격하는 것 같았으나, 사실은 그렇지가 않았다.

본의 아니게 지근거리로 다가선 누군가를 반사적으로 공격하려고 손을 쳐들었다가도 이내 그만두고 물러나 버렸다.

누가 누구를 공격하고 죽이는지 모르는 혼돈의 도가니 속에서도 강시들이 정확하게 적아를 구별하고 있는 것이다.

야율척은 그래서 간파할 수 있었다.

혈미향이었다.

흑자색인 강시의 피에 모종의 대법을 가미해서 제조한 혈미향을 바르면 강시는 주인의 명령과 무관하게 아군으로 인식하는 것이다.

'물러나야 한다!'

야율척은 실로 다급했다.

정말 미친놈처럼 돌발적인 행태로 보이던 악초군의 발광은 기실 철저히 계산된 행동이었던 것이다.

"익!"

야율척은 돌발적인 싸움이 벌어진 직후부터 상대하던 마교 총단의 부단주 백수혈사(白手血士) 도곤(導鯤)의 공격을 굳이 마주치지 회피하고, 그때를 기다린 듯 측면에서 기습해 오는 사왕전의 고수 이괴검(二怪劍) 전양(全揚)의 목을 단칼에 베어 버리는 와중에 다급히 장내를 둘러보았다.

야율적봉을 찾기 위함이었으나, 그게 쉽지 않았다.

전장은 이미 만찬이 벌어지던 중정만이 아니라 장원의 전역으로 확대되어 있었기 때문이다.

야율적봉은 전장으로 변한 장원의 후원 가에서 악초군과 대치하고 있었다.

악초군의 돌발적인 장력을 간발의 차이로 막아 낸 그는 연달아 이어진 악초군의 공격으로 말미암아 수세에 몰려 있다가 간신히 몸을 빼내서 숨을 돌리는 중이었다.

주변은 그들의 격돌로 인해 벌써 초토화되어 있었고, 그는 이미 산발한 머리였다.

상대적으로 멀쩡한 악초군이 그런 그를 바라보며 자못 친근한 표정을 지으며 빙그레 웃었다.

"우리 칠제 그새 많이 컸네? 아무리 옛정을 봐서 손 속에 사정을 두었다고는 하나, 이 사형의 공격을 이렇게나 제대로 방어해 내다니, 정말 기특하고 대견한 걸?"

야율적봉은 빠드득 이를 갈았다.

"손 속에 사정을 두었다고?"

악초군이 울상을 지었다.

"섭섭하게 왜 이래? 아닌 것 같아?"

야율적봉은 대답 대신 질근 입술을 깨물었다.

당장에 어디 한번 제대로 해 보라고 악을 쓰고 싶지만 그럴 수가 없었다.

악초군이 정말로 손 속에 사정을 둔 것이든 말로만 그러는 것이든 간에 여태 그는 전력을 다하고도 수세에 몰려 있었고, 적잖은 내상까지 입은 상태였기 때문이다.

분하고 억울하지만, 아무래도 그보다는 악초군이 이룬 무공의 조예가 더 뛰어나다고 인정할 수밖에 없었다.

비록 그가 지난바 전력을 다한 것은 아니나, 상대인 악초군 역시도 같을 것이기 때문이다.

'약간의 시간만 더 있었어도……!'

야율적봉은 내심 자책하고 또 자책했다.

약간의 시간만 더 있었어도 그는 유마지경(幽魔地境)에 돌입했을 테고, 그럼 이따위 일은 절대로 없었다.

명왕유체가 완성되는 단계인 유마지경의 경지라면 악초군 따위가 아니라 설령 천마대제가 살아서 돌아온다고 해도 그는 능히 싸워서 이길 자신이 있었다.

그러니 그의 실수요, 실책이었다.

평소 악초군이 제아무리 미친 짓거리를 밥 먹듯이 저질렀어도 설마하니 작금의 시기에, 그것도 오늘 이런 자리에서 이런 식으로 막나가는 광기를 부리를 줄은 정말 몰랐다.

이건 그냥 너 죽고 나 죽자는 것이 아니고 또 무엇이란 말인가!

야율적봉은 분노의 격정 속에 빠져서 허덕이면서도 실로 이해할 수 없어서 물었다.

"도대체 왜 이런 미친 짓거리를 벌이는 거요? 시늉만 하는 것이 아니라 정말로 미쳐서 광기를 부리는 거요?"

악초군이 자못 눈을 멀뚱거리며 반문했다.

"미친 짓거리? 네 눈에는 그렇게 보이냐?"

야율적봉은 실소했다.

"오늘 우리가 이 자리에 모인 이유가 대체 뭐라고 생각하오?"

악초군이 정말 모르겠다는 표정으로 어깨를 으쓱했다.

"뭔데?"

야율적봉의 격악된 감정이 침과 함께 튀어나왔다.

"지금 이 마당에 장난하자는 거요? 우리 마교는 아직 중원을 장악하지 못했고, 중원의 새로운 황제는 몽고를 토벌하기 위해 대군을 파견한 상태요! 정녕 중원의 황제가 몽고를 토벌하고 나면 벼린 그 칼날을 당연히 우리 마교에게 돌릴 거라는 생각이 안 드시오? 정말로 미친 것이 아니라면 대체 사형에게 무슨 이득을 가져다줄 거라고 지금 이 짓거리를 벌이냐 이 말이오!"

악초군이 빙그레 웃었다.

애써 친근함을 꾸미려는 것처럼 보였으나, 야율적봉에게는 그저 사악하게만 보이는 웃음이었다.

그 상태로, 그가 끌끌 혀를 차며 말했다.

"칠제야, 네가 그래서 나를 넘어설 수 없는 거다. 결정을 볼 때는 그냥 보는 거야. 이것저것 주변을 살피며 내일의 내가 어찌될지를 걱정해서는 아무것도 이룰 수 없다."

"무슨 그런 말도 안 되는 괴변을……!"

"쯔쯔……!"

야율적봉이 더는 들을 수가 없어서 악을 쓰자, 악초군이 새삼 끌끌 혀를 차는 것으로 말을 끊으며 타이르듯 말했다.

"네게는 괴변일지 몰라도 내게는 그게 현실이고, 바람직한 삶이다. 나는 매번 오늘만 사니, 앞으로도 오늘만 생각할 거다.

내일 일은 내일 가서 하면 그만이니까."

악초군이 히죽 웃는 낯으로 건들건들 야율적봉을 향해 다가
가며 말을 끝맺었다.

"많이 아쉽겠구나, 이제 네게 내일을 생각할 시간이 사라지
게 되었으니 말이다."

살기가 비등했다.

악초군이 살기를 드러내자 야율적봉도 살기를 내비친 결과
였다.

야율적봉이 경고했다.

"경고하는데 나는 전력을 다하지 않았소. 내가 전력을 다하면
사형도 절대 무사하지 못할 거요."

악초군이 히죽 웃는 특유의 살소를 드러내며 대꾸했다.

"나 역시 그러니 정말로 재미있는 싸움이 되겠구나."

두 사람의 거리가 가까워지며 급격히 비등하는 살기로 인해
장내의 공기가 단단하게 압축되며 폭발하기 직전의 화약고처
럼 변해 버리는 그때, 난데없이 다른 사람의 한가한 목소리가
끼어들었다.

"정말 흥미롭군. 그럼 나는 옆에서 구경이나 하도록 하지."

악초군과 야율적봉이 누가 먼저랄 것도 없이 동시에 고개를
돌려서 목소리의 주인공을 확인했다.

측면이었다.

앞선 그들의 격돌로 무너진 담장의 잔해에 어두운 밤임에도

눈부시게 보이는 은발의 사내 하나가 앉아서 그들의 시선을 마주하고 있었다.

설무백이었다.

다음 권으로 이어집니다

꿈의 도약, 로크에서 하십시오
(주)로크미디어에서 신인 작가를 모십니다

즐거운 세상, 로크미디어는 꿈을 사랑하고 도전을 두려워하지 않는 작가 분들의 참신한 작품을 기다리고 있습니다. 21세기 장르 문학계를 이끌어 갈 차세대 선두 주자 (주)로크미디어에서 여러분의 나래를 활짝 펴 보시길 바랍니다.

모집 분야 판타지와 무협을 포함한 장르 문학
모집 대상 아마추어 작가, 인터넷 작가
모집 기한 수시 모집
작품 접수 시 유의 사항
  1. 파일명은 작가명_작품명.hwp형식을 갖춰 주십시오.
  1. 파일에 들어갈 내용은 다음과 같습니다.
    − 성명(필명인 경우 실명을 밝혀 주세요), 연락처, 이메일 주소
    − 제목, 기획 의도
    − A4용지 1장 분량의 등장인물 소개
    − A4용지 2장 분량의 전체 줄거리
    − 본문
  1. 작품이 인터넷에 연재되고 있다면, 게시판명과 사이트의 구체적이고 정확한 주소를 기재해 주십시오.

선택된 작품은 정식 계약 후 출판물로 간행되어 전국 서점에 유통됩니다.
작가 분은 (주)로크미디어의 전폭적인 지원하에 전속 작가로 활동하시게 됩니다.
※ 자세한 내용은 로크미디어 홈페이지(rokmedia.com)를 참조하세요.

(04167)서울시 마포구 마포대로 45 일진빌딩 6층
(주)로크미디어 편집부 신간 기획 담당자 앞
전화 : 02) 3273-5135
www.rokmedia.com   이메일 : rokmedia@empas.com